GOBOOKS & SITAK GROUP©

GOBOOKS
& SITAK
GROUP©

三日月書版

三日月書版

冰島小狐仙
Illust.高橋麵包
vol.3
外星警部入侵注意
輕世代
FW298
三日月書版

ALIEN INVASION ALERT! 外星警部入侵注意

CONTENTS

IDOL

>>> 葉雨宸

PROFILE

以難得一見的超優質外貌與歌聲飛快走紅的新生代男神。
平時表現得像花花公子，實際上卻純情又孩子氣。

MUSIC

SINGING

POLICE

CHARACTER

>>> 洛倫佐・金・哈克・蘇迪

PROFILE

宇宙警部第一王牌，因某起事件被「調任」至科技落後的偏遠星球，化名「蘇迪」擔任葉雨宸的助理。氣勢冷硬、不苟言笑，卻十分照顧人。

ALIEN

ASSISTANT

ALIEN INVASION ALERT!

外星警部入侵注意

>>>CHAPTER.1

外星警部入侵注意

寂靜的夜晚，圓月在高空中安睡，平和的城市也沉入了夜的安眠曲，四下無聲，只有孤獨的路燈還在施展朦朧的魅力，只可惜無人欣賞，分外寂寞。

商店街一家高級珠寶店的警衛室中，值班的警衛們也擋不住周公的召喚，正打著瞌睡，不斷下垂的腦袋幾乎要撞上櫃臺。

突然，劃破長空的刺耳警鈴響起，警衛瞬間驚醒，兩人茫然地對望一眼，接著突然意識到了什麼，臉色發青地抽出隨身攜帶的警棍，起身衝向銷售大廳。

銷售大廳裡一片漆黑，只有紅外線防禦系統的雷射在幽暗中閃爍，根本看不到半個人影，但刺耳的警鈴卻不絕於耳，幾乎要震破耳膜。

打開燈，兩名警衛警惕地巡視空蕩蕩的大廳，確認沒有看到任何異常，其中一人鬆了口氣說：「嚇死我了，保全系統是不是壞了，這個月已經是第二次了吧？明明沒人闖進來也叫個不停。」

另一個警衛也放鬆下來，把警棍插回腰間，嘆氣說：「先去關掉吧，上面昨天派人來檢查過，說是沒問題。」

先開口的警衛已經走到解除警報的控制箱前，一邊用鑰匙開箱門一邊低聲碎念：「沒問題怎麼可能這樣出錯？我看八成是上面捨不得花錢吧。」

警衛說著，抬手按向控制箱裡的按鈕，卻沒想到，手指還沒碰到按鈕，警報已經先停止了。他正納悶，耳邊突然響起嬌俏的女聲：「原來這裡可以關掉警鈴呀？上次來的時候果然溜太快了嗎。」

「誰！」警衛一下厲聲叫了起來，驚恐地看向明明沒有人，卻響起聲音的空地。

隨著女孩子的輕笑聲，空地突然出現一塊人形的透明膠狀體，接著，膠狀體的顏色漸漸變深，居然變成一個大活人。

一個穿著牛仔外套和短裙，綁著雙馬尾，年紀看起來不超過十五歲，長相可愛的女孩子就這樣憑空出現了。

警衛的眼睛瞪成銅鈴，極度的震驚甚至讓他忘了手裡的警棍。他張大嘴想呼喚同伴，可一回頭，才發現另一名警衛已經昏倒在地。而在倒地的高大身軀旁邊，站著一個身高才到他胸口的短髮男孩。

男孩烏黑的短髮根根倒豎，長相和女孩子幾乎一模一樣，就連裝扮都很類似，牛仔外套加短褲，分明就是一對龍鳳胎。

此刻，男孩微微抬起雙手，警衛清晰地看見他雙手的手指間有銀藍色的電流在流竄！

「你們到底是什麼人！」危機意識終於衝破僵硬的喉管，警衛驚聲尖叫的同時開始揮動手中的警棍。

然而，他的掙扎只持續了兩秒，因為男孩直接朝他伸出手，銀藍色的電流撲向他，在剎那間流遍了他的全身。

魁梧的身軀轟然倒地，男孩上下拍了拍手，聳著肩對女孩說：「妳不是說這種擔任警衛的地球人會比較健壯嗎？為什麼還是這麼不堪一擊？」

聽出男孩語氣中的不滿，女孩愉悅地笑了起來，攤了攤手回答：「這也出乎了我的意料呢，可能是這家店還不夠高級？」

男孩聞言翻了個白眼，扭頭冷哼一聲，接著就跨過警衛，抬步朝出口走去。讓人意外的是，女孩子也沒有朝那些已經徹底暴露在危險中的珠寶展示櫃看一眼，迅速跟上了男孩的腳步。

然而，就在兩人剛剛穿過警衛室準備離開時，一道頎長的身影突然出現在他們面前，擋住了大門。

憑空出現的男人穿著一身黑色的高級定制西裝，似乎剛剛離開什麼宴會。英俊帥氣的臉龐彷彿是上帝最精心的傑作，儘管此刻面無表情透著冷峻，卻也足夠讓人在第一眼著迷淪陷。

女孩子在看到他的瞬間露出驚豔的表情，停頓的大腦根本沒有思考對方是誰，以及為什麼會憑空出現。

但前方的男孩反應卻快得多，看到男人出現的剎那就已經釋放出電流，同時大聲喊道：「是宇宙警部，我們快走！」

銀藍色的電流在空氣中引起「劈啪」的響聲，像蛇一樣迅速竄向西裝男子，而女孩聽到男孩的話後臉色劇變，一把握住男孩的肩，隨即兩人身上同時浮起一層膠狀體。

覆著膠狀體的人影迅速變透明，眼看兩個孩子就要消失無蹤，空氣中突然響起了一陣尖銳的刺耳音波。

「啊——」女孩立刻發出痛苦的叫聲，兩手摀住耳朵跪倒在地上。男孩的臉色也在瞬間發白，雖然沒有發出痛呼，但也用力抱住了頭，臉上的表情變得十分扭曲。

透明膠狀體在瞬間消失，竄向西裝男子的電流也在中途就弱化成火花，而男子身後的大門在這時打開了。

幾個身穿制服的宇宙警部魚貫而入，快步走到男孩和女孩身邊，眨眼間就把兩人徹底制伏了。

接著，穿著白色研究人員制服，手裡拿著一塊電子測算儀的天才科學少年佩里從門外走了進來，拍了拍西裝男子的手臂說：「辛苦了，洛倫佐前輩。」

「洛倫佐？你該不會就是那個出了名的神槍手？洛倫佐．金．哈克．蘇迪？你怎麼會在地球！」被按在地上的男孩聽到佩里的話後猛然抬頭，瞪圓眼睛震驚地問出一連串問題。

蘇迪深邃的眼眸掃了眼動彈不得的男孩和女孩，冷冰冰地開口：「尤里奧．希斯克利夫，金妮．希斯克利夫，你們姊弟被捕了。」

「對不起！我們不是要偷東西，只是想測試一下能力！我們保證再也不做這種事了，求求你饒了我們吧。」

綁著雙馬尾的金妮立刻為自己和弟弟求饒，她臉上堆著討好的笑容，雙眼緊緊盯在蘇迪臉上，表情格外惹人憐惜。

只可惜，冰山蘇迪根本不吃這一套，也沒有要聽他們辯解的意思，手一揚，示意其他警部把這兩人帶走。

「求求你放過我們吧，不要帶我們走，爸爸知道的話會殺了我們的！」金妮還在大聲呼喊，大滴大滴的眼淚順著眼角滑落。而尤里奧臉色慘白，看起來也是一副快哭的樣子。

門外這時又走進來一個人，精緻的白襯衫搭配黑色燕尾禮服，打扮得比蘇迪更優雅華麗，俊美無儔的容貌加上天生會放電的眼睛，更是讓他成為人群中最閃耀的明星。前一秒還在哭泣的金妮在看到他的瞬間就愣住了，連眼淚都停在眼眶裡。

葉雨宸按了按右耳上戴著的可攜式耳麥，耳麥瞬間變形收縮，變成了一顆小小的寶石耳釘，他看著兩個慘兮兮的孩子開口：「唔，蘇迪，他們還是小孩，就給他們一次改過自新的機會吧。」

「小孩？」蘇迪聞言挑了挑眉，輕輕勾起了嘴角，語帶嘲諷地說：「我以為經過薩魯的事，你多少會長點記性。」

簡簡單單一句話，就讓葉雨宸產生了撞牆的衝動。花美男的額頭立刻布滿冷汗，嘴角不停抽搐，被噎得一句話都說不出來。

蘇迪趁他愣住的時候朝宇宙警部們揮了揮手，兩個小傢伙立刻被帶走了。

「他們多大了？」直到離去的腳步聲完全消失，葉雨宸才僵硬地轉過腦袋，遲疑地問道。

蘇迪聳了聳肩，走到暈倒的警衛旁，一手一個輕鬆地把兩具魁梧的肉體拎起來，放到警衛室的椅子上，這才語氣輕鬆地回答：「十四歲。」

「十四歲？」葉雨宸的音量拔高了八度，瞪著眼睛氣急敗壞地說：「那你扯什麼薩魯！他們確實還是小孩子啊！」

「我只是提醒你不要隨便被外星人的外表欺騙而已。」老神在在的蘇迪壓根不理會葉雨宸的怒意，把兩個警衛擺好姿勢後，就對他們進行了催眠。

葉雨宸這下氣得頭頂冒煙，對著蘇迪的背影狠狠揮了揮拳，一副恨不得揍他一頓的樣子。

一旁的佩里用電子測算儀擋住大半張臉，早就笑得肚子痛，如果不是主角在場，他大概能笑得滾到地上去。

幾秒後，蘇迪完成了催眠，又酷又帥地朝佩里和葉雨宸一招手，帶頭走出了珠寶店的後門。

佩里用道具關好門，清除掉所有外星人侵入的痕跡，然後轉頭看向葉雨宸說：「雨宸哥，恭喜你，你的能力施展得越來越穩定了。以你現在的力量，應該已經可以輕易控制住 Level 5 以下級別的外星人。」

面對讚揚，葉雨宸的臉上浮起一絲靦腆，抬手摸了摸右耳的耳釘說：「還是多虧了你的道具，這個可攜式的增幅器實在太棒了，佩里你簡直就是天才。」

雖然之前在 RED-BLUE 的演唱會上佩里就幫他設計了一個麥克風外形的增幅器，但那個體積稍微有點大，而且無法變形，不適合平時隨身攜帶。

所以最近佩里對麥克風進行了改良，做成了現在這個可以變形的可攜式增幅器，別看體積縮小了很多，但增幅效果是一點沒減弱，而且還增加了分辨隔離效果，普通地球人無法聽到葉雨宸通過這個耳麥發出的聲音。

被人誇是天才，佩里臉上立刻浮起洋洋得意的表情，用力點點頭後笑容滿面地說：「雨宸哥你先別急著誇我，等我把你的能量環做好，你會更佩服我的，哈哈。」

「咦？能量環？給我的嗎？」

「當然啦，能量環可是宇宙警部的標準配備，每個人都有的啦。」

「哇，我已經開始迫不及待了怎麼辦？」

「哈哈，我會盡快的，你再耐心等幾天。」

一聽佩里用了「幾天」這個詞，葉雨宸馬上兩眼放光，興奮得臉都微微有些紅了。

在旁邊看他們唱了好一會兒雙簧的蘇迪翻了翻眼睛，正想說什麼，西裝內袋中的手機先響了起來。他拿出手機，看到螢幕上閃爍的「陳樂」二字，面無表情地接起電話。

「蘇迪嗎？你和雨宸跑到哪裡去了？到處都找不到你們，首映會很快就要開始了，你們快點過來！」

陳樂火燒眉毛的高音調不用揚聲器也清晰地傳進了葉雨宸的耳朵，他扯了扯嘴角，朝蘇迪無奈地攤手。

握著手機的男人輕勾嘴角，語調輕鬆地回答：「我們這就過來。」

說完，不等陳樂應話，他乾淨俐落地掛斷電話，走過來攬住葉雨宸的肩膀，正要施展空間轉移，一旁的佩里突然開口大叫。

「等一下，前輩！」

從幾秒前目光就一直定在電子測算儀上的少年猛地抬起頭，指著電子面板上新出現的波段線激動地說：「雨宸哥的能量β值產生了變化！就在剛才，出現了新的波段線！」

聽到這句話，蘇迪眼中有驚訝一閃而過，葉雨宸則頂著滿腦袋的問號一滿臉茫然地問：「唔，這是什麼意思？」

「這代表你有新的能力正在覺醒啊！」佩里一手抱緊測算儀一手握拳，興奮得兩眼發光，眉飛色舞都不足以形容他此刻表情的豐富程度。

「新的能力……」葉雨宸喃喃低語，表情從茫然逐漸變成喜悅，最終化成勝過月光的明媚。

他轉頭看向蘇迪，會放電的雙眼中流光溢彩，無聲的興奮在空氣中蔓延，即便蘇迪有意預防，還是很快就發現自己也被這股快樂感染了。

無聲地嘆了口氣，他抬手拍拍葉雨宸的肩膀，淡淡開口：「我很期待你的新能力，不過現在，我們得先去參加首映會了，我的大明星。」

話音落下，兩道修長的身影貼近，接著就直接消失在空氣中。

幾乎只是一眨眼的功夫，珠寶店已經不在眼前，取而代之的是寂靜昏暗的樓梯間。

空間轉移造成的時空扭曲感讓還沒完全適應這種移動方式的葉雨宸有點

頭暈，腳落地的瞬間，他晃了晃，一手按在蘇迪的胸口，同時被蘇迪用力扶住了腰。

結果就在這一刻，身後樓梯間的門一下子被人推開，來人看到他們猛然愣住，接著在看清他們的動作後，驚喜地尖叫起來：「啊啊啊啊啊——雨宸，蘇迪！你們這是在幹什麼！你們為什麼會在這裡！」

高分貝的嗓音彷彿魔音穿耳，葉雨宸的額頭上瞬間冒出無數黑線，忍下暈眩拉開和蘇迪的距離，他轉過身，扶著額回話：「是我有點頭暈出來透透氣啦，夏玲，閉上妳的嘴，不要再尖叫了，妳想把記者引過來嗎？」

提到記者兩個字，夏玲立刻捂住嘴。她朝身後看了看，確定沒有記者跟過來，這才壓低嗓音好奇地問：「透氣？雨宸，這裡可是樓梯間耶，不覺得這邊的空氣更不好嗎？」

樓梯間？葉雨宸愣了愣，放下扶額的手，轉眼朝四周一看，這才發現他們真的是在樓梯間。

他驚訝地轉頭看向蘇迪，眼中閃過的全是疑問。離開的時候不是從花園走的嗎？怎麼回來變成樓梯間了？誰來給他解釋一下這到底是為什麼？

夏玲的眼神自然也被他帶到了蘇迪身上，冷峻不凡的男人伸手輕推葉雨宸的肩膀，把他推向安全門的方向。

在經過夏玲時，他壓低嗓音對滿臉期盼的女人悄聲說：「這裡雖然空氣不好，但方便人工呼吸，要保密喔。」

啊啊啊啊啊——夏玲臉上的期盼在瞬間變成了狂喜，如果不是使出了渾身的力氣按住自己的嘴，她現在肯定會瘋狂地大叫起來。

人工呼吸?!喔，天哪，她聽到了什麼！這、這、這是正式出櫃嗎？雨宸和蘇迪終於在一起了嗎？不枉費全公司的女同事每天都在祈禱啊，啊，這對 CP 果然超服務粉絲，養眼度百分之百！匹配度百分之兩百！人氣百分之三百！

此刻的夏玲，因為內心巨大的喜悅幾乎要暈倒在地，眼中瘋狂地湧出粉紅色泡泡，不斷朝四周飛出去，很快便充滿整個樓梯間。

葉雨宸被她這股瘋狂升溫的喜悅弄得渾身直冒冷汗，下意識加快離開的腳步，直到把樓梯間徹底拋在後面才轉頭問蘇迪：「你到底說了什麼？她為什麼突然一副少女心爆發的樣子。」

蘇迪聳肩，面無表情地回答：「沒什麼，我只是打消了她的胡思亂想。」

「真的嗎？可是怎麼感覺她的腦洞更誇張了？」

「或許只是你的錯覺吧。」

看著蘇迪一臉認真的樣子，葉雨宸挑了挑眉決定先把夏玲的事拋在腦後，畢竟，等會兒還有重要的事情需要面對。

今晚，是陸韓的新電影首映的日子，陸韓親自攜幾大主演出席當地最大影院特別召開的首映會。此時此刻，馬上就要開始走紅毯入場了。

「雨宸，蘇迪，這邊！」陳樂遠遠看到兩個西裝筆挺的偉岸男子並肩走過來，想也不想就叫出了自家大明星和助理的名字，還用力朝他們招了招手。

兩人剛走近，還來不及跟陳樂打招呼，紅毯旁的工作人員已經在喊葉雨宸進場了。

拍了拍陳樂的肩，葉雨宸走過去，配合工作人員的指揮踏上紅毯，同時揚起招牌笑容面對瘋狂閃爍的閃光燈，以及女粉絲群幾乎掀翻會場的尖叫聲。

合照、簽名、握手，葉雨宸信手拈來地和粉絲互動，全程保持迷死人不償命的微笑。雖然身為電影的男配角，但他在紅毯上停留的時間卻遠遠超過了男主角甄毅以及女主角。

好不容易等他走完紅毯上了臺，甄毅面帶微笑地湊近他。「時間剛剛好嘛，事情都解決了？」

葉雨宸依然維持著完美的笑容，微微偏頭低聲回答：「嗯，還算順利，安卡也會來看首映嗎？」

「那倒沒有，她今天還有工作，我們通了電話而已。」

提起安卡，甄毅的笑容裡透出幸福的味道，葉雨宸朝他擠了擠眼睛，真心為他高興。

就算是無法天長地久的愛情，及時行樂也不錯啊，至少他們能擁有一段無與倫比的幸福和快樂，而這，也將成為安卡最寶貴的回憶。

互動問答時間順利結束後，葉雨宸他們和粉絲道別，這才一起走進放映廳。

電影的正式公映在明天，今晚的首映只有演職人員、媒體記者，以及少部分特邀貴賓才能觀看。

陳樂和蘇迪早就坐好了位置，等大家全都入座後，放映廳內熄燈，兩邊的環繞式音響傳出音樂，螢幕上也迅速出現了畫面。

葉雨宸的心臟撲通撲通地跳得很快，雙眼緊緊盯在螢幕上，因為有點緊張而握緊了拳頭。

雖然在整個拍攝過程中和剛才的互動問答時間裡陸韓都對他的表現予以

高度肯定，但沒有親眼看到自己的表演，他多多少少有點忐忑。對於這個首次嘗試的硬漢角色，他實在太在意了。

而事實證明，陸韓不愧是陸韓，他的電影永遠那麼精彩，而他選中的演員，也絕對不會讓人失望。

葉雨宸看著螢幕上陌生但完美的自己，忍不住微微勾起嘴角，放鬆了因為緊張而握緊的拳頭，撐著座椅扶手換了個坐姿。

就在那瞬間，他忽然聽到某種很突兀的聲音，女人的低笑聲在很近的地方響起。

他驚訝地左右看了看，左邊是蘇迪，右邊是甄毅，他們這一排沒有女性，而女主角和陸韓坐在前一排，並沒有在交流。

輕笑聲卻還在繼續，接著又響起了男人的笑聲，略有些沙啞，還有很低的對話聲，聽不清具體內容，可時不時響起，讓人漸漸就煩躁起來。

葉雨宸忍不住轉頭朝身後看了一眼，後面坐著各家媒體的記者，此時劇情正進入高潮，他們全都聚精會神地看著電影，別說交談對話，就是大氣都沒人喘一下。

「怎麼了？」蘇迪的聲音在身邊響起，葉雨宸回過頭，低聲問道：「你聽得出來是哪兩個人在說話嗎？說個不停，好煩。」

「說話？」蘇迪很快接話，語氣中卻帶了一絲狐疑。

葉雨宸點點頭，耳邊仍時不時響起男女的調笑聲，他有些火大地說：「是啊，你沒聽到嗎？他們越說越大聲了。」

蘇迪轉頭朝四周掃了一眼，比地球人靈敏數倍的視力讓他確信，現在整個放映廳裡除了他和葉雨宸，所有人的注意力都集中在電影的高潮上，絕對沒有其他人在說話。

確認這一點後，他的目光回到葉雨宸的臉上。很顯然，大明星還在被某種聲音騷擾，俊美迷人的臉上浮現煩躁和不滿，甚至面頰下的牙關也咬緊了。

注意到蘇迪收回了視線，葉雨宸側頭靠向他低聲問：「找到了嗎？」

「沒有人在說話。」蘇迪用肯定的語氣回答。這六個字一說完，葉雨宸立刻轉過頭來。

大明星一臉震驚，不確定地問：「你說什麼？」

蘇迪挑了挑眉，沒有重複他的答案，而是伸手按住了葉雨宸放在扶手上的手，才剛要說什麼，被碰到的人卻狠狠震了震，猛然瞪圓了雙眼。

螢幕上正播放到男主角和男配角飛車追逐的場景，輪胎和路面的刺耳摩擦聲不斷回蕩在耳邊，緊張的劇情讓人情不自禁繃緊了神經。

葉雨宸的心臟像打鼓一樣狂跳著，然而，這並不是因為電影的高潮，而是因為在蘇迪碰到他的那一瞬間，他眼前出現了一幕前所未見的場景。

遼闊的金色草原，在陽光下彷彿一片金色的海洋，微風吹過，柔軟的草葉隨風舞動，發出「沙沙」的低響。但下一秒，巨大的紅黑色蘑菇雲在地平線上騰空而起，爆炸的氣浪如海嘯般席捲整個視野，撲過來的火焰帶著無邊的熱浪，瞬間毀滅了一切。

整個世界失去色彩，只剩下無邊無際的烈焰，整個世界也失去了聲音，寂靜無聲的畫面卻讓人的心狠狠揪起。一股劇烈的疼痛襲上心頭，葉雨宸瞪著眼睛，用力收回被蘇迪按住的手，彎下了身體。

「雨宸，你怎麼了？」甄毅立刻發現了他的不對勁，兩手扶上他的肩，關切地詢問。

草原和爆炸已經從眼前消失，可那地獄般慘烈的畫面還深深印在腦海中。葉雨宸按緊胸口，喘了好幾口氣，這才直起身，握住甄毅的手臂低聲說了句「我沒事」。

可手掌接觸到甄毅的瞬間，又有前所未見的畫面突然出現在眼前。昏暗的光線下，一雙蘊含無限深情的美麗眼眸凝視著他，眼熟的絕色美人渾身赤裸，雪白的手臂勾著他的脖子，拉下他的頭，輕柔地吻上他的嘴唇……

葉雨宸僵硬地轉過頭，愣愣地看著甄毅滿布擔憂的臉，只覺得鼻腔一熱，一股熱流緩緩流下。

「喂，雨宸，你到底怎麼了？」見他突然流鼻血，甄毅真的被嚇到了，聲音也不自覺地提高，瞬間驚動了周圍的其他人。

蘇迪卻在這時站起身，他的目光掃過放映廳內為數不多的觀眾，眼底閃過陣陣藍光，面無表情地開口：「雨宸沒事，只是有點上火，我先帶他回去。」

說完這句話，他俯身一把拉起還在不斷流鼻血的葉雨宸，摟著他僵硬的肩膀轉身快步離開。

重新安靜下來的放映廳中，電影開始播放尾聲，而觀眾們全都愣愣的，好一會兒後才清醒過來。

ALIEN INVASION ALERT! 外星警部入侵注意

>>>CHAPTER.2

宇宙警部地球指揮部的部長辦公室中，葉雨宸正坐在唯一的沙發上仰著腦袋，兩個鼻孔裡各插了一團棉花，雙眼緊閉，兩手抱臂，表情悲壯，一副恨不得與世隔絕，再也不和任何人接觸的樣子。

而陪他過來的蘇迪此刻斜倚在辦公室另一頭的牆邊，兩手環胸閉目養神，和葉雨宸拉開一段不小的距離，就像是兩人鬧了彆扭似的。

幾秒後，辦公室的門被人從外面推開，一身白大褂的安卡信步走了進來，挑眉問：「發生了什麼事？」

沙發上的人聽到她的聲音後狠狠抖了抖，側身背朝她的方向往牆角縮了縮，而且不知道為什麼，原本已經止住的鼻血似乎又有崩裂的趨勢。

牆邊的蘇迪睜開了眼睛，朝兩眼緊閉但臉卻漲得通紅的人掃了一眼，淡淡開口：「佩里應該已經跟你說過雨宸的β值產生了變化吧？」

安卡點了點頭，走到辦公桌後坐下，用眼神示意他繼續說下去。

「他的新能力恐怕是心靈感應。」

「心靈感應?那很不錯啊，具體是哪一種?」安卡看起來興致不錯，問話的時候還笑著朝雨宸的方向看了一眼。

心靈感應可是三大特殊能力之一，和念動力以及空間轉移並列站在超能力的頂峰。三種能力的使用者的數量就算加起來，在整個宇宙中都不多，是非常難得的能力。

而且，心靈感應比念動力和空間轉移更為複雜，它有很多不同的種類，每一位心靈感應能力者的具體能力都不同。

他們有的可以窺探人心，有的可以預示未來，有的可以解讀記憶，還有的可以憑空讓人看到幻象。總而言之，這是一種讓人防不勝防，也非常難以應對的能力。

見沙發上的人還是裝死般一動不動，蘇迪微微勾起嘴角，神色戲謔地開口：「如果我沒猜錯的話，他的能力是通過接觸讀取記憶。而且不僅針對人，還可以解讀物品殘留的記憶。」

安卡聞言挑起眉，繼續笑著問：「是怎麼發現的？」

「我們在看電影首映的時候，他接觸到座椅扶手，聽到了並不存在的說話聲。」

「原來如此，這就是解讀物品殘留的記憶。」

蘇迪頷首，再度瞥了葉雨宸一眼，淡淡地說：「在意識到他的能力可能是心靈感應後，我握住了他的手，然後他的表情果然變得像見鬼了一樣。」

「雨宸，通過和蘇迪的接觸，你看到了什麼？」安卡這次不打算放任葉雨宸繼續當縮頭烏龜了，畢竟，就算是解讀記憶，也分好多種情況，他們現在要做的，就是先弄清楚葉雨宸能解讀的是哪種類型的記憶。

沙發上的人終於睜開眼睛，可憐兮兮地朝他們看了一眼，扁了扁嘴說：

「我看到了很可怕的大爆炸，在一片金色的草原上。」

這個答案讓蘇迪的瞳孔劇烈收縮了一下，而安卡靜默了幾秒，轉眼看向蘇迪，用波瀾不驚的語調問：「對你來說，這應該是心底深處最重要的回憶吧？」

蘇迪面無表情地保持沉默。顯然，他不願意回答這個問題。

安卡心裡清楚答案，所以迅速把目光轉回葉雨宸身上，微笑著說：「雨宸，你的心靈感應起點很高，以後一定會成為很厲害的能力者。你應該高興才對，怎麼一副萎靡不振的樣子？還有，我聽說你流鼻血了，是因為身體無法負擔星際能量嗎？」

雖然說葉雨宸具有外星血統，星際能量本來就蘊含在他的體內，但畢竟人生的前二十四年都在過普通地球人的生活，肉體很有可能無法適應一下子就被激發出來的星際能量。

加上心靈感應又是很厲害的能力，對身體的負擔遠比其他能力要大，所以安卡會產生這種想法完全無可厚非。

只可惜，葉雨宸流鼻血根本就不是身體有問題。他看著安卡美豔的臉蛋，接觸甄毅時看到的畫面就自動浮現在眼前，無論他怎樣克制，都無法控制那些畫面自己跑出來！

短短兩三秒的對視，葉雨宸的臉已經紅得快要滴下血來，他連忙抬手捂住。

「雨宸？」被他古怪的反應弄得不明所以，安卡微皺起眉，喚了他一聲。

沉默了好一會兒的蘇迪此時再度開了金口，語氣帶著鮮明的戲謔：「他流鼻血之前，碰到了甄毅。」

一句帶著無數潛臺詞的話，瞬間讓整個部長辦公室陷入死一般的寂靜。

安卡起先還沒反應過來，只是突然聽到甄毅的名字有點驚訝，畢竟她平時在工作環境下是從來不提這個人的。

但很快，她就意識到了蘇迪這句話潛藏的資訊，笑容一點點凝固在嘴角，她微微瞇起眼睛，目光筆直落在還在企圖逃避的人身上。

葉雨宸頓時感覺芒刺在背，僵坐了一分鐘，他猛地站起身，抬手向安卡敬了個標準的軍禮，認真喊道：「上校！我真的不是故意要看您裸體的，我保證一定會盡快忘掉，請您原諒我！」

話音剛落，辦公室的門再度被人從外面推開，接著，好奇的嗓音響起：

「嗯？我怎麼好像聽到了很不得了的事？雨宸你看到誰的裸體了？洛倫佐的嗎？」

進來的人是個少年，穿著一身英姿颯爽的黑色軍服，英挺的軍帽下卻是一張漂亮到讓人屏息的臉。來者正是臨時從尤塔星調過來輔助調查蟲洞遺留問題，念動力 Level 7 的天才——薩魯．恩格．菲切賽爾．米修無疑。

葉雨宸因為薩魯的話猛咳起來，他拚命朝薩魯搖手，企圖阻止少年雪上加霜，蘇迪卻在這時突然說：「雨宸，你碰薩魯試試。」

「嗯？碰我？為什麼？」薩魯眨了眨眼睛，還沒反應過來，葉雨宸已經快步走到他面前，兩手用力握住他的肩膀。

薩魯不知道他想幹什麼，但也沒有掙扎，大大方方地站在原地，挑眉與他對視。

幾秒後，葉雨宸用力搖了搖頭，放開手說：「碰到薩魯沒事，我什麼都沒感覺到。」

蘇迪點頭，看向安卡說：「Level 6 的心靈感應，只是不知道還有沒有提升的空間。」

「暫時不用急著提升，不然雨宸的身體可能會受不了。」安卡的語調已經完全恢復正常，雖然嘴角暫時還沒有勾起笑容，但已經足以讓葉雨宸鬆口氣。

「等等，你們是在說雨宸有 Level 6 的心靈感應能力？是不是連物品也可以解讀？」總算反應過來的薩魯滿臉驚訝，但語氣卻帶著驚喜。

蘇迪點頭，從他微妙的表情變化中看出了些什麼，他挑眉問：「你從費利南德那裡得到了什麼情報？」

既然是要調查蟲洞的遺留問題，那麼當然必須先搞清楚這個蟲洞的來源，在探查無效的情況下，最終還是得從費利南德本人那裡得到有用資訊。

可自從蘇迪把費利南德押送回總部後，總部幾次派人審問，居然都撬不開費利南德的嘴。總部那邊的偵訊官的說法是，這傢伙是鐵了心打算死守這個祕密了。

本以為案情會陷入僵局，卻沒想到薩魯得知這個消息後，直接回了個嗤笑的表情，接著就回到總部親自審問費利南德。

而如今，他以如此輕鬆的神態回來，蘇迪完全有理由相信，他已經得到了他想要的東西。

提到情報，薩魯的眉眼間果然浮現一絲得意，爽快地開口：「蟲洞不是費利南德開的，他也是意外發現，然後當作人情賣了情報給甲殼蟲那幾個盜賊而已。」

「你是說，這座蟲洞是其他人製造的？」安卡問話的語氣帶著一絲驚訝，表情看起來卻明顯頭痛。蟲洞是其他人製造的，這句話的隱藏意思就是這件案子短期內結束不了了。

「沒錯，而且這座蟲洞並不如我們以為的那麼簡單。它不是只能連接到哈爾蒙星，而是可以連接到銀河系的任何地方。」

一語驚人，這下連蘇迪的表情都變了。就連外行人葉雨宸，都明白這句話的嚴重性。

蟲洞可以連接到銀河系的任何地方，也就是說，他們今後要面對的敵人，可能是來自銀河系的任何一個角落。處理不好的話，這將是一個無法預防的致命防禦漏洞！

辦公室陷入沉默，許久後，安卡直視著薩魯問：「你是怎麼讓他吐出這些情報的？聽說他連死都不怕。」

這個問題讓薩魯再度嗤笑一聲，他的下巴微微揚起，高傲的眼神中透著冷酷和不屑。「他確實不怕死，但我本來就沒打算讓他死，我至少有一百種方法可以讓他生不如死。」

葉雨宸聽到這句話，不由自主地打了個寒顫。他有些詫異地看向薩魯，自相識以來，薩魯在他心裡始終是個小孩。就算外表變化了，可平時的語氣和態度卻沒有改變，還是那個帶著點任性，讓人有些頭痛的小鬼。

但此刻，他深深地意識到，薩魯不是孩子，他是出生在精英世家的天才，骨血裡帶著普通人沒有的冷酷無情。

早就瞭解薩魯本性的蘇迪和安卡沒有葉雨宸這麼多感慨，兩人對視一眼後，蘇迪淡淡開口：「那麼，你現在需要雨宸做的是？」

薩魯轉頭看向目瞪口呆的大明星，嫵媚地眨了眨眼睛，語氣愉悅地說：「當然是跟我去蟲洞那邊解讀殘留記憶了，或許能找到製造者的線索。」

蘇迪站直身體，點頭說道：「我跟你們一起去。」

話音剛落，沙發旁的大明星舉起手，語氣納悶地說：「等等，你們真的不是在開玩笑嗎？我的新能力到底是什麼難道不需要確定一下？而且在首映會的時候，我摸到椅子時雖然聽到了奇怪的對話，但當時並沒有看到畫面，而且對話也聽不清楚喔。」

葉雨宸覺得蘇迪他們實在太隨便了，目前只是猜測他有 Level 6 的心靈感應能力吧？都不用確認一下就讓他實際操作？而且 Level 6……聽起來太厲害了他覺得像在做夢一樣呢。

對於他的問題，薩魯俏皮地眨眨眼，豎起拇指比了比身後的門說：「實踐是最好的驗證，我們走吧。」

說完這句話，他頭也不回地轉身走出去。蘇迪似乎也同意他的觀點，朝葉雨宸比了個跟上的手勢後也出了門。留下葉雨宸惆悵地嘆了口氣，隨後才認命地邁開腳步。

「雨宸。」結果他剛走到門口，身後便響起安卡明顯比平常低沉八度的嗓音。

頭皮有些發麻，他僵硬地轉身，堆起滿臉笑容回話：「什麼事，上校？」

辦公桌後的安卡也在笑，嘴角完美的弧度卻讓葉雨宸背後的汗毛都倒豎起來。「從今天開始，希望你不要再和甄毅進行任何肢體接觸。另外，讓佩里幫你做一副手套吧，心靈感應這種能力如果不好好控制的話，可是很容易精神崩潰的。」

安卡說完這句話，微笑著朝葉雨宸揮了揮手，那笑容看起來充滿了關切，只有被她盯視的當事人才能體會到某種笑裡藏刀的危機感。

葉雨宸的額頭滑落一滴冷汗，回以僵硬的諂笑，然後像隻受驚的兔子般飛奔離開部長辦公室。

薩魯和蘇迪已經在傳送門那邊等他了，看到他，薩魯立刻掩嘴偷笑起來。葉雨宸看出他神色間的戲謔，忍不住狠狠瞪了蘇迪一眼。

冰山蘇迪坦然自若地面對他的瞪視，可深邃的眼底還是忍不住浮起了一絲笑意。

「好了好了，我們可以走了。」不一會兒，身後響起佩里急匆匆的嗓音，葉雨宸回頭，就看到他拖著一個超大的行李箱，快步走了過來。

薩魯點了點頭，在傳送門的操作臺上熟練地輸入終點座標，隨後帶頭走了進去。

這是葉雨宸第一次來到蟲洞的現場，雖然知道佩里他們一直在調查蟲洞的事，但由於他的能力幫不上忙，所以一直以來都沒有到過第一線。

他幻想過很多次蟲洞的樣子，畢竟科幻電影裡這個名詞出現的頻率很高，不能算是完全陌生的東西。

在他的概念裡，蟲洞就是連接宇宙中存在的兩個不同區域的時空隧道，通過蟲洞還可以進行時間旅行。在科幻電影中，蟲洞一般被設計成隧道的樣子，只不過，這條隧道是四次元空間，變幻莫測。

很難想像這樣複雜的天體現象如何出現在地球上，所以幻想歸幻想，當真實的宇宙蟲洞出現在眼前時，葉雨宸還是被震撼到了。

傳送門被設置連接到一間廢棄倉庫，地點居然離他的大學母校不遠。宇宙警部在這間廢棄倉庫的周圍設立了結界，從外面看沒有任何異樣，事實上，結界裡面早就架起了各種探測的儀器，而且燈火通明。

這間倉庫曾經用來堆放貨櫃，所以內部空間很大，足足有七八層樓高，占地幾百坪，堆放著許多廢棄的大型器械，還有一些閒置的貨櫃。

而那個被費利南德偶然發現的蟲洞，就赫然聳立在倉庫深處。

那是個頂天立地的巨大彩色光璿，邊緣是半透明的，越接近中心的位置漩渦越清晰，正中心是一片朦朧的乳白色光團，周圍則飄著一圈彷若銀河的星辰碎片，漂亮得如夢似幻。

蟲洞的兩面長得一模一樣，根本沒有什麼隧道，它看起來就像是一個直立著的立體影像。

葉雨宸愣愣地看著這前所未見的奇景，心中的震撼根本無法用言語描述。他在很長的時間裡都無法動彈，就只是那樣仰著頭，目不轉睛地看著。

蘇迪他們似乎都能體諒他的心情，陪著他安靜地站了片刻，沒有打擾他。只有佩里忙著從超大號行李箱中搬出一組工具，正忙著連接各種線路。

「宇宙中的蟲洞，都長這個樣子嗎？」回過神後，葉雨宸喃喃問道。

薩魯往前走了幾步，一直走到貼近光璿的地方，回頭朝他招了招手，笑著說：「不是，這個確實比較漂亮，製造者的美感相當不俗。」

葉雨宸也開始朝彩虹光璿接近，他的心臟撲通撲通亂跳，有點緊張，但更多的是興奮。當他在薩魯身邊站定，才發現他和蟲洞間的距離已經近到不可思議，那些飄散在中心旋渦附近的星辰碎片彷彿把他包圍了起來。

眨了眨眼睛，他好奇地問：「我們這樣不會有穿越過去的危險嗎？」

薩魯搖頭，直接抬手伸向中心旋渦，只見他的手臂穿過了光團，並沒有消失。

「它現在被我們封印了，暫時無法使用，但只要製造者依然逍遙法外，有很大的可能會被隨時重新開啟。」

證明了眼前的蟲洞並沒有危險，薩魯收回手臂，解釋過後，就朝葉雨宸做了個「請」的手勢，示意他可以開始了。

葉雨宸的額頭冒出一滴冷汗，嚥了嚥口水，這才緩緩抬起雙臂，試著像薩魯一樣把手伸向中心旋渦。

張開的五指漸漸靠近，周圍很安靜，心跳聲和呼吸聲就變得額外清晰。他閉了閉眼，深吸了口氣，才徹底把掌心貼到旋渦上。

皮膚上傳來微涼的觸覺，彷彿碰到了冰冷的煙霧，緊接著，有什麼畫面在腦海中跳了出來。

一個留著金色長髮的人就站在他現在的位置，穿著白襯衫和牛仔褲，寬肩窄臀，看起來像個男人，背影很高挑，但同時卻透著一絲病態的瘦弱。

他抬著左臂，左手五指張開向前推出，在保持這個動作三秒鐘後，彩色的星辰碎片開始出現在手掌前方，那些碎片旋轉擴散，只花了不到一分鐘的時間，就變成了眼前這個頂天立地的彩色蟲洞！

然後那人回過頭，金色的長髮隨著他的動作微微晃動，露出了大半張臉。

葉雨宸率先看到的是一隻不同於普通人類的耳朵，細長的尖耳，如同魔獸世界中的暗夜精靈。然後是雪白的皮膚，比薩魯還要漂亮、幾乎雌雄莫辯的五官，還有那人額頭上仿若額飾的古怪銀藍色符文印記。

影像到這裡就中斷了，葉雨宸才看了男人一眼他就突然消失，這讓他忍不住發出「啊」的一聲，臉上滿是遺憾惋惜的表情。

「你看到了什麼？」一直觀察著他的蘇迪直截了當地發問。

葉雨宸聳了聳肩，往後退了幾步，摸著下巴說：「一個美人，真的好美。」

「嗯？你是說這個蟲洞的製造者是個女人嗎？」佩里接了話，他剛剛裝設好帶來的工具，現在有點氣喘吁吁的。

葉雨宸用力搖搖頭，一本正經地說：「不不不，我是說美人，不是美女。」

「這麼說是個男的？」依舊是佩里接了話，一旁的蘇迪面無表情，薩魯則高高揚起了眉梢。

「你們知不知道地球上很紅的一系列奇幻電影？叫《魔戒》。那個人很像裡面的精靈。金髮、尖耳、人很高，長得比薩魯還要漂亮，額頭上還有很奇怪的藍色印記，唔，老實說，長這麼大，我真的第一次看到這麼漂亮的……」

「砰、砰！」

室內突然響起兩聲劇烈的爆炸聲，葉雨宸嚇了一大跳，口中的話也戛然而止，轉頭一看，居然是附近的兩支吊燈突然炸裂了。

炸得粉碎的燈泡散落了一地，傘狀的燈罩明明是鐵質的，現在居然扭曲變形，蜷縮成一團。

葉雨宸瞪大雙眼，盯著那兩支吊燈看了幾秒後，僵硬地轉過頭，用不可思議的眼神看向薩魯。

毫無疑問，吊燈的突然炸裂並不是意外，而是薩魯的念動力在發動，而且從那兩隻變形的燈罩就能看出來，始作俑者此刻正處在暴走邊緣。

蘇迪不知道什麼時候已經空間轉移過去，他用力按著少年的肩膀，沉聲開口：「薩魯，冷靜。」

少年的神情無比冰冷，漂亮的臉蛋上彷彿覆著一層厚厚的冰霜。他直視著葉雨宸，那眼神彷彿要殺了他一樣。

葉雨宸被看得渾身發毛，不知道自己怎麼就突然得罪了這位大少爺。拜託，他可是什麼都沒做，只是按照要求說出他看到的影像而已。

等等？他看到的影像？他剛剛在描述他看到的美人，我靠，那個美人不會是薩魯的仇人吧！

這邊葉雨宸剛摸到點頭緒，那邊佩里在工作臺上打開了他的隨身機，在裡面輸入了一連串指令，隨後，一道立體投影從隨身機螢幕上彈跳出來，懸浮在半空中。

佩里指著影像上的人影，表情無比頭痛地說：「雨宸哥，你看到的男人該不會長這個樣子吧？」

葉雨宸轉頭看向立體投影，一個穿著黑色長袍的金髮男人正目光炯炯地直視前方，雖然著裝不同，整個人給人的感覺也不太一樣，但尖耳朵、完美的五官，還有額頭銀藍色的符文印記卻一模一樣。

於是，他攤了攤手，老老實實地回答：「唔，應該是他沒錯，只是我剛才看到的他好像比較虛弱。」

「砰」一聲，第三支吊燈變成了碎片，這一次，鐵質燈罩直接被看不見的力量捏成一個拇指大小的鐵塊，而葉雨宸背後豎起了無數的雞皮疙瘩。

「他還活著。」薩魯開了口，森冷的嗓音如冰渣般刺進眾人耳中。

葉雨宸下意識朝佩里的工作臺走了兩步，嘴角扯開僵硬的笑容問：「呃，他到底是誰？」

佩里又往隨身機裡輸入一串指令，接著，立體投影旁邊浮現文字介紹：

星皇，S級通緝犯，念動力＋讀心術級別皆為Level 7，星際盜賊，幽靈旅團團長，年齡不詳，美塞隆星人，性格暴戾冷酷，星曆九三四年于德雷星團被擊墜。

看著一連串清晰的文字，葉雨宸的嘴角扯了扯，只感覺頭皮陣陣發麻。

星皇，這個名字對他來說可不算完全陌生，就在幾個月前，還是個小屁孩的薩魯被甲殼蟲那群白痴用星雲碎片綁架後，安卡曾經告訴過他，那顆名叫猛獸的星雲碎片，三十年前正是隸屬於星皇。

雖然當時安卡主要是向他們介紹猛獸，但星皇這個名字他也記住了。

「叮鈴鈴——」突兀的電話鈴聲忽然響起，葉雨宸和佩里同時一震，薩魯還是一副想殺人的樣子，只有蘇迪淡定得好像什麼都沒有發生，從口袋裡摸出手機，接通電話後直接按下擴音鍵。

「蘇迪，總部傳回了鑑定結果，」安卡凝重的嗓音在安靜的室內響起，帶著讓人心驚的分量，「你的猜測沒錯，從喀爾薩手上回收的輝火確實是假的。」

安卡說完後停頓了幾秒，大概是想給他們消化的時間，然後問道：「你們那邊的情況怎麼樣？」

蘇迪抬起眼皮，銳利的目光落在立體投影上，面無表情地開口：「雨宸從蟲洞上探測到了殘留記憶，是星皇。」

ALIEN INVASION ALERT! 外星警部入侵注意

>>>CHAPTER.3

手機裡遲遲沒有響起安卡的回應，可見，就算已經知道輝火是假的，星皇還活著這個事實對她來說仍然具有足夠的衝擊力。

許久之後，安卡深吸一口氣，語氣遲疑地開口：「也就是說，在德雷星團被擊墜之後，星皇來到了地球？那我們是不是可以認為，還有其他幽靈旅團的成員也生還了？」

「可當時那種情況下，他們是怎麼做到的？」見蘇迪和薩魯都沒有要回話的意思，佩里驚愕地接了話。

毫無疑問，從葉雨宸的探測結果來看，星皇確實還活著，而既然他能倖存，那麼安卡的猜測就很可能成真。

佩里沒有參與那次圍捕幽靈旅團的行動，是在事後看過相關的影像紀錄。幽靈號是在超級磁場裡被打爆的，整條艦船雖然沒有變成碎片，但也斷成了好幾截。

幽靈旅團總共七名成員，有兩個因為船體爆炸當場死亡，另外五個包括星皇在內，都是在重傷的情況下逃離了飛船。

但就算逃跑了，沒有飛行器他們在宇宙裡也絕對活不下來，何況他們當時還是在超級磁場裡，連星際能量都無法使用。

正因為認定他們沒有生還的機會，索羅上將當時沒有下令繼續搜捕，而是決定給星皇一個符合他身份的體面死法，現在看來，這個決定真的不夠英明。

「不管是怎麼做到的，他都不會有第二次好運。」臉色冰冷的薩魯咬著牙惡狠狠地說出這句話。

由於壞了三個吊燈，倉庫裡的光線變得昏暗了很多，這讓站在吊燈正下方的少年陷入了陰影中，彩色的蟲洞在他身上映出忽明忽暗的光影，看起來就像是蟄伏在幽暗處的野獸。

葉雨宸暗暗地深呼吸，雖然他十分不喜歡薩魯此刻給人的感覺，但從理智上，他不是不能理解薩魯，所以他什麼都沒有說，只想當一個安靜的旁聽者。

可確認星皇還活著這一事實的人是他，這註定了他不能置身事外。

安卡隨即在通訊的另一端點了他的名字。「雨宸，把你看到的詳細情況說出來，所有的細節都要說清楚。」

「呃……」葉雨宸直覺回了個單音節，露出一臉為難，吶吶地說：「我只看到他一瞬間而已，可能無法做出很準確的描述，能不能讓我用上次佩里給波羅用的那種隱形眼鏡？」

記得上次薩魯被綁架的時候，為了從 Level 2 的空間轉移能力者波羅．坎納斯．歐非那裡得到情報，佩里曾經讓他佩戴一枚隱形眼鏡，通過那枚鏡片，他們看到了連波羅自己都不記得的畫面。

「那個只能投射瞳孔記錄的真實影像，可是沒辦法讀取你感應到的畫面。」在安卡回答前，天才少年已經兩手一攤，直接打消了葉雨宸的念頭。

苦逼的某人當場一臉生無可戀，而站在蟲洞旁的薩魯再度開口：「想不起來的話，你可以再來感應一下。」

少年的語氣透著十足的強勢，而且明顯不容置疑。葉雨宸撇了撇嘴，乖乖走過去，但還是忍不住回頭看向蘇迪問：「我剛才真的一看到他的臉感應就立刻中斷了，有沒有什麼辦法可以延長感應的時間啊？」

蘇迪筆直迎視他的目光，臉上雖然沒什麼表情，但語氣透著十足的耐心：「這不是能夠一蹴而就的事，你現在只要盡力就可以了。」

簡簡單單一句話，讓葉雨宸緊張的心情平復了不少，他深呼吸後點點頭，再度抬手去觸碰彩色的光璿。

仍然是和上次一模一樣的畫面，但這次似乎更清晰了些，葉雨宸皺著眉努力描述：「他看起來很蒼白，像個病人，右耳上戴著一個類似紅寶石的吊墜耳環。身上穿著白襯衫和寬鬆的牛仔褲，都是很普通的衣服，看不出品牌，至於腳上的鞋子……咦？」

「鞋子怎麼了？」注意到他突兀的語氣變化，薩魯立刻發問。

葉雨宸的眉皺得更緊，他的手不斷重複收回再伸出的動作，反覆接觸了蟲洞幾次後才喃喃地說：「好奇怪，他的鞋子好眼熟，那好像是三年前我們學校運動會發的？」

「運動會？」薩魯瞪了瞪眼睛，懷疑自己是不是聽錯了。

葉雨宸收回手，睜開眼睛語氣萬分肯定地說：「對，沒錯，因為那是我唯一參加過的運動會，所以我印象特別深刻。那雙鞋子的鞋面上還有我們校名的縮寫呢！」

即使身為偶像明星，葉雨宸當然也要完成學業，但他是走在路上被星探偶然發現的，所以並非專業的演藝學院出身。加入星光影視後，他在工作空閒之餘還是會去大學，作為生活調劑。

雖然學分考核和其他學生不再一樣，但葉雨宸那時還是很享受偶爾的學生生活。三年前的那次運動會，也是他不顧陳樂的反對堅持要參加的，因為那可是他畢業前的最後一次學生運動會了。

倉庫裡一片安靜，顯然，話題的跳躍性甚至已經超出了眾外星人的想像，他們集體面無表情，目光全部定在大明星的臉上，默契十足。

被盯著看的人摸摸下巴，大膽地猜測：「唔，星皇穿著那雙鞋子，是不是代表他曾經藏在我們學校偽裝成大學生？但不太可能吧，他的長相實在太突出了，就算掩飾掉尖耳和臉上的符文印記，那種長相也絕對會引起轟動。還是說，他當時完全改變了自己的長相？」

在葉雨宸看來，連蟲洞這麼誇張的東西都可以隨便造出來的男人，要幫自己換一張臉那是再簡單不過的事了。然而，他的猜測並沒有得到其他人的回應。

蘇迪和薩魯神色嚴肅，顯然在思考什麼。佩里抓了抓頭，一副欲言又止的樣子。好一會兒後，還是通訊另一端的安卡率先開了口：「雨宸，你剛才提到吊墜耳環？能再說一些細節嗎？比如耳環的樣子、色澤？」

葉雨宸點了點頭，接話道：「唔，是一個菱形的紅寶石吊墜，用很細的銀色鏈子連接，鏈子直接穿過耳朵，沒有耳環的那種。至於色澤……顏色看起來挺黯淡的，不是很好的寶石，有點像地攤貨呢。」

「只有右耳戴著嗎？」

「沒錯，只有一邊。」

通訊那端安靜了幾秒，隨後安卡沉著的嗓音再度響起：「如果我沒有猜錯的話，星皇能夠活下來是因為米希娜，但米希娜應該已經死了，那個耳環是她的遺物。」

「無限未知米希娜嗎？」薩魯沉聲接了話，「確實有可能。」

「她是全宇宙唯一一個擁有『進化』能力的人，而且級別還是 Level 7，只不過她一直隱藏在星皇身後，所以當時我們都疏忽了，沒有考慮到她那身能力的可能性。只不過，雖然米希娜付出生命讓星皇活了下來，但他仍然身受重傷。離開德雷星團後他應該就來到了地球，然後在這裡休養了多年，直到三年前才恢復，這樣就可以解釋為什麼雨宸看到的他像個病人。」

安卡冷靜的分析再度讓倉庫陷入沉默，時間一分一秒過去，蘇迪他們幾個就像雕像般動也不動。葉雨宸眨著眼睛看看這個又看看那個，很想說些什麼調節一下氣氛，但又實在不知道能說什麼。

在星皇和幽靈旅團這件事上，他就是個外來者，不瞭解過去，可能也不會參與未來。他只能盡他所能提供線索，別的，什麼都做不到。

好一會兒後，安卡的聲音再次響起：「猜測就到此為止，大家都先回來吧。既然星皇三年前就造了這個蟲洞，我們當然不可能指望他現在還留在地球上。這幾年幽靈旅團並沒有重出江湖，或許他們已經金盆洗手了也未可知。雨宸的能力經過訓練後應該還有提升的空間，不如之後再去調查吧。」

安卡的指令聽起來很合理，佩里和葉雨宸都點頭表示同意，薩魯在遲疑了幾秒後也無奈地聳了聳肩。

只有蘇迪仍然站在原地沒有反應，他的臉像平常一樣沒有表情，但不知道為什麼，葉雨宸看進他眼底深處，依稀在那裡感覺到強烈的風暴。

穿過傳送門回到指揮部，佩里第一個以還有工作為藉口腳底抹油開溜，薩魯和蘇迪對視一眼，兩個人的眼神都無比複雜。

最後少年抬手揮了揮，留下一句「我去審問希斯克利夫姊弟」後，轉身直直走向禁閉室。他的背影很瀟灑，但周身滿溢的寒氣卻讓葉雨宸擔心起那對姊弟。

「呃，讓他一個人去審問沒關係嗎？我們要不要跟過去看看？」遲疑幾秒後，葉雨宸還是忍不住悄聲問身邊的蘇迪。

面無表情的男人甚至沒朝禁閉室的方向看一眼，只淡淡地說：「不用，他有分寸。你先回去休息吧，明天還有通告。」

冷淡的語氣，甚至可以說帶著疏離，葉雨宸的瞳孔因為這句話微微收縮，心臟就像是被針戳了般微微刺痛。他看著蘇迪冷硬的側臉，張了張口，卻一個字都說不出來。

他感覺得到蘇迪心情不好，儘管男人的樣子和平時沒什麼差別，內斂地將所有負面情緒都藏在寒冰般的外殼之下，但他就是能感覺到。

那種彷彿快窒息般的痛苦深深壓著蘇迪，從得知星皇還活著的那一刻就開始了。

等了幾秒，見葉雨宸沒有反對，蘇迪轉身走向安卡的部長室，甚至沒有察覺到他的情緒變化。

葉雨宸下意識伸手拉住蘇迪的手臂，肢體接觸的剎那，一個女人的影像突然在腦海中跳了出來。那是個留著齊耳短髮，穿著深藍色軍裝的女人，約莫二十幾歲，五官清秀，笑起來甜甜的。

蘇迪回過頭，他並沒有甩開葉雨宸的手，就好像他已經忘了葉雨宸現在擁有心靈感應能力這件事。男人只是挑起眉，用詢問的眼神看著他。

對視幾秒後，葉雨宸主動鬆了手，他勾起嘴角，露出一抹僵硬的笑容，訕訕地問：「你不和我一起回家嗎？明天的通告你也要到場，要是熬出黑眼圈就不好了嘛，助理的形象也是很重要的啊。」

助理的形象很重要？才怪！他只是希望蘇迪能和他一起回家而已。

在感受到那麼沉重的悲傷之後，他怎麼忍心把這傢伙丟在這裡呢？這可是蘇迪，就算被悲傷壓垮了，也不會皺一下眉頭的蘇迪。

提議沒有立即得到答覆，片刻後頭頂卻傳來高熱的溫度，葉雨宸顫了顫，只見面前的人抬手按住了他的腦袋，挑著眉說：「我沒事，我和安卡還有事商量，你先回去休息。如果實在害怕一個人在家的話，就抱著雪團睡吧。」

緊隨其後的是一個戲謔的笑容，在那瞬間，蘇迪身上沉重的傷痛似乎也都消失了。

葉雨宸忍不住噗嗤笑了出來，感受著自他掌心傳來的外星人體溫，鬆了口氣說：「你總算恢復原樣了，你知不知道剛才我有多擔心？」

蘇迪換上無奈的表情，收回手挺直腰背回答：「有句話在這種時候說可能不太合適。」

「什麼話？沒什麼不合適的啦，你想說什麼就說啊。」大明星堆著滿臉燦爛的笑容，就連語調都充滿了鼓勵。

蘇迪嘴角的弧度上揚了一些，這讓他的笑容透出了一絲邪氣。葉雨宸一看到他這個表情，馬上有了不好的預感，可這時再想阻止他顯然已經來不及了。

「我以前就聽安卡說過地球人總是愛管閒事。」

「……」

葉雨宸的拳頭緊緊握起，如果不是考慮到周圍還有不少人看著的話，他真的很想重重給蘇迪來上一拳！這傢伙，居然敢說他愛管閒事，啊啊啊啊，簡直太過分了！

儘管他身上殺氣四溢，蘇迪卻完全不為所動，男人的嘴角一再上揚，最後伸手在他肩上拍了拍，轉身走了。

葉雨宸冷哼一聲，對著那道瀟灑的背影用力揮了揮拳頭，扭頭就往傳送門的方向走。

邁出傳送門，一聲驚呼率先傳入耳中，葉雨宸還來不及驚訝，緊接著就聞到一股很微妙的洗衣粉的肥皂清香，他直覺是家裡闖進了小偷，可轉念就想到小偷怎麼可能弄出肥皂味！

下意識放輕腳步聲，葉雨宸慢慢從玄關走到客廳，驚訝地發現應該空無一人的家裡居然出現一位妙齡少女！

一頭銀色長髮披散在地上，彷彿銀色的流水，少女背對著他跪坐在地毯上，正拿著一塊抹布用力擦著什麼東西。毫無疑問，那股詭異的肥皂味就是從她手上的抹布散發出來的。

跳出腦海的第一反應，葉雨宸以為這女孩是蘇迪的女朋友，畢竟一頭銀髮完全就是外星人的象徵。

但緊接著，他馬上覺得這個直覺不準確。

雖然蘇迪剛來當他助理那時是承認有個女朋友，但自從他知道蘇迪的真實身份後，就意識到那個女朋友的說法其實只是藉口，只是蘇迪嫌麻煩隨口承認用來當擋箭牌的。

那麼，眼前這傢伙到底是誰？為什麼會三更半夜出現在他家？喂喂喂，這不會又是什麼星際罪犯吧？

頂著一腦袋問號仔細觀察少女幾秒後，葉雨宸猛然瞪大雙眼。

等等，這個女孩身上那件看起來十分寬大的T恤怎麼那麼眼熟？靠！那不是他的衣服嗎！而且，她那兩條露在外面的雪白大長腿是怎麼回事，這傢伙不會下面什麼都沒穿吧！

意識到這點後，葉雨宸幾乎抓狂，他快步衝過去，一把拉起少女的手腕，瞪著眼睛大聲問：「妳是什麼人？為什麼會在我家？」

少女顯然之前沒有注意到他已經回來了，突然被人抓住，馬上開始放聲驚叫。可隨即，當他們四目相對，她就停止了驚叫，目瞪口呆地說：「雨宸，你這麼早就回來了嗎？今天不是電影首映……」

「妳是……雪團?!」死寂的兩秒後，大明星的音調瞬間拔高八度，震驚地吼了出來。

是的，在握住她手腕的瞬間，無數畫面在腦海中閃過，而畫面上的主角全部一樣，那就是他，以及他的愛貓雪團！雖然在看到影像的剎那他愣了一下，但兩秒的時間已經足夠他回過神來。

面前的少女長得十分可愛，像極了漫畫人物，眼睛很大，幾乎占了半張臉，嘴唇明顯有別於普通人類，形狀更接近貓嘴，瞳孔則是很深的藍色，彷彿熠熠生輝的藍寶石，和雪團的眼睛一模一樣。

自從正式加入宇宙警部後，他已經看過無數外星人偽裝成普通人或者小動物隱藏在地球的案例，所以他並不驚訝外星人可以變成貓。可他呵護了兩年的愛貓居然是外星人這一點，還是讓他震驚到不行！

「你居然認得出我？洛倫佐告訴你的嗎？」相比目瞪口呆的葉雨宸，雪團顯然鎮定多了。

她訝異地說完這句話後就把手腕抽了回去，重新開始擦地毯，邊擦邊說：「不好意思哪，雨宸，今天突然變回這個樣子，結果打翻了盤子，把牛奶全部撒在地毯上了。」

葉雨宸朝他昂貴的波斯地毯瞄了一眼，果然看到平時雪團喝牛奶的盤子還倒扣在那裡，以及旁邊一灘白中發黃的詭異痕跡。

努力忽略地毯報廢的悲壯心情，葉雨宸再一次把雪團拉起來，無奈地說：「好了，別擦了，妳還是先告訴我這一切到底是怎麼回事吧。」

「嗯？洛倫佐沒有和你說過我的事嗎？」

「他看起來像是會傳播八卦的男人嗎？」

「唔，不像，雨宸你比較像呢。」

雪團說著，咧嘴露出一抹燦爛的笑容，葉雨宸的額頭上跳出碩大的十字青筋，強忍掐斷她脖子的衝動，用布滿威脅的眼神斜睨她，暗示她趕快開始正題。

大概是接收到主人的威信，雪團乖乖站起身，兩手捏著寬大的T恤下襬，像提裙襬一樣微微提起，同時雙腿彎曲行了個非常標準的蹲禮，低頭說：「很抱歉，雨宸，在我們相識兩年後才以這種模樣初次和你見面。我的名字是阿爾忒彌．米奧．維斯塔，曾經的米奧星公主。」

隨著T恤下襬的上揚，只見兩條白花花的大腿越露越多，葉雨宸連忙抬手擋住眼睛，扭過頭語調焦慮地問：「妳、妳、妳有穿內褲嗎？」

銀髮少女眨了眨眼，低頭朝自己的下半身看一眼，一臉無辜的說：「穿了，我穿了你的內褲，但是一點都不合身呢，你想看嗎？」

說著，她的手繼續往上提，眼看著就要完全露出大腿根部，葉雨宸連忙按住她的手，閉著眼睛把她按坐在沙發上，急急地說：「等一下，我們等一下再說正題，我先去幫妳找條褲子，妳這樣會感冒的。」

「不會啦，已經是夏天了，我一點都不覺得冷喔。」

「是我看著會覺得冷啦！」

葉雨宸無奈地吼完，一溜煙衝上二樓，翻箱倒櫃找出一條運動短褲，又衝下樓丟給雪團。

無奈的少女撇了撇嘴，不情不願地套上短褲，這才重新在沙發上坐下。

眼睛一直盯著玄關方向的葉雨宸在確定她已經坐好後，這才慢慢轉回頭，然後鬆了口氣。

恢復正常運轉的大腦開始回味她剛才的話，兩秒後，他詫異地說：「等等，雪團妳是公主？堂堂一個星球的公主為什麼會跑來地球？而且兩年前我撿到妳的時候……」

葉雨宸說到這裡突然閉上嘴，兩年前他們相遇的時候雪團是什麼樣子，他們兩人心裡都很清楚，那根本就不需要再用言語來描述。

提起那件事，少女唇邊的笑容凝固了，她用萬分悲傷的神情看著葉雨宸，許久後才喟嘆著開口：「我會帶著重傷離開母星，是因為那裡已經被死亡軍團毀滅了。」

「死亡軍團……是什麼？」葉雨宸的語氣也變得很沉重，即使雪團沒有詳細描述，可僅憑毀滅這兩個字，已經足以說明了嚴重性。他不需要知道米奧星被毀滅的過程，也能體會雪團失去一切的痛苦。

少女的拳頭緊緊握了起來，小小的尖牙咬住嘴唇，痛苦地說：「他們是銀河系中最好戰的一群野獸，以侵略毀滅弱小星球為樂。他們信奉力量，認為只有強者才有資格在宇宙中生存。」

「這種恐佈分子，宇宙警部難道不管嗎？」

「當然管，但死亡軍團總是神出鬼沒，宇宙中很多臭名昭彰的罪犯都加入了他們，所以宇宙警部很難提前預測他們的行蹤。而每次他們出現，都伴隨著一顆弱小星球的覆滅，米奧星就是這樣的犧牲品之一。」

「可是，就算無法事先預防，那事後呢？難道就這樣眼睜睜看著一顆顆星球被毀滅？」

雪團的話讓葉雨宸目瞪口呆，他當然知道這種能力強大又窮凶極惡的罪犯集團很難對付，可是宇宙警部和星球安全局的存在不就是為了守衛宇宙和平嗎？這樣一支四處作亂的犯罪集團，怎麼樣都不能放任吧？

如果來一次消滅他們一次，那這個軍團又能存在多久？總不見得宇宙中全是不怕死的傢伙，明知道會被幹掉還義無反顧跑出來找死吧？

雪團從葉雨宸的表情中解讀出了他的想法，她苦澀地笑了笑，感慨地說：「是的，官方不可能眼睜睜看著一顆顆星球被毀滅，但死亡軍團太強大了，在過去，官方和他們交戰的記錄大多數都以失敗結尾。直到近幾十年，隨著神槍洛倫佐、毒蛇奧密爾頓等一系列優秀人才的出現，宇宙警部和星球安全局才開始逐步主導局面。」

「既然主導了，為什麼還會發生米奧星的悲劇？妳是兩年前來地球的，米奧星就是那時候被毀滅的吧？」

「官方強大，但擋不住亡命之徒放手一搏，就算知道會死，死亡軍團還是不斷毀滅著弱小的星球。」

「可是，在目標明確的情況下，難道無法防禦嗎？派厲害的宇宙警部過去駐守不行嗎？」

葉雨宸覺得很疑惑，他是不知道銀河系到底有多少文明星球啦，但很弱小的應該不會太多吧？明知道只有這些小星球才是死亡軍團的目標，那提前防禦不就好了嗎？

派一些厲害的宇宙警部或者特工過去駐守，增強科技防禦設備，官方能做的事應該有很多吧？

思緒剛剛進行到這裡，雪團接下來的話就讓他徹底愣住了。「駐守又有什麼用呢？洛倫佐駐守的斯科皮斯星，不也因為死亡軍團而毀滅了嗎？雖然那和米奧星的毀滅並不相同，但從結果來說卻是一樣的。」

突然聽到那個早已熟悉的星球的名字，葉雨宸的心跳頓時漏了一拍。

他微微睜大眼睛，感覺心臟的律動漸漸變快，猶豫了好一會兒才問：「雪團，妳知道斯科皮斯星的事？能和我多講一些嗎？」

看出他驟然而至的緊張，雪團先是一愣，隨即笑了起來。她俏皮地眨眨眼睛，湊近他低聲問：「其實，你是想知道洛倫佐的事吧？」

一句話把葉雨宸的臉都問紅了，他把頭搖得像撥浪鼓，連連擺手說：「才沒有，我只是最近經常聽他們提到斯科皮斯星的悲劇，但又沒人和我說具體的情況，我只是好奇而已。」

聽到他這句話，雪團笑著眨眨眼，裝作一本正經的樣子說：「這麼說來，我可以只講斯科皮斯星的悲劇，不用講洛倫佐的情況咯？」

大明星帥氣的五官因為這句話迅速扭曲，他咬著牙，很想像過去一樣把雪團抱進懷裡搓扁揉圓，可雪團現在是一名亭亭玉立的少女，這實在讓他有些無從下手。

看出主人的崩潰，雪團忍不住哈哈大笑。雖然之前提到母星的時候她還很難過，但不得不承認，有葉雨宸陪伴的這兩年，她已經從過去的陰影中走出來了。

一直笑到肚子痛，她才好不容易停下來，然後看著一張俊臉徹底黑透的主人眨了眨眼說：「好啦，我來告訴你吧，不管是斯科皮斯星的事，還是神槍洛倫佐的事。」

得到愛貓的承諾，葉雨宸臉上的黑雲立刻消散，那雙會放電的桃花眼目不轉睛地落在少女身上，耐心地等著她說出那些他一直想知道的故事。

ALIEN INVASION ALERT! 外星警部入侵注意

>>>CHAPTER.4

「其實，早在一百多年前，星球聯盟就開始派軍隊在各個星球駐紮，但由於普通士兵的星際能量通常在Level 2左右，所以對於死亡軍團來說實在是不夠看。而近幾十年，宇宙警部總部和星球安全局開始派優秀的高階警司和特工執行遣軍任務，也就是你所說的駐守，防禦才開始漸漸起效。

「但儘管如此，死亡軍團偶爾還是會得手，畢竟一個人的力量是有限的。神槍洛倫佐被派往斯科皮斯星已經是十多年前的事了，他是銀河系最優秀的宇宙警部，你應該能夠想像，這樣的人才是不可能單純為了保護弱小星球就派遣出去的。」

說到這裡，雪團停頓了片刻，給葉雨宸思考的時間，而後者顯然之前並沒有想到這一點，露出了驚訝的表情後喃喃地開口：「所以妳的意思是，蘇迪去斯科皮斯星不是為了保護那裡？」

「是保護，但準確地說不是保護那顆星球，而是保護星球裡的某樣東西。」

「是什麼？」

「具體我也不清楚，只知道是一種最新開發出來的能源核。能源核是比星雲碎片更可怕的武器，原本這件事是聯盟的最高機密，但後來不知道被誰洩露出來，傳到了死亡軍團的耳中。

「一年前，死亡軍團入侵斯科皮斯星，洛倫佐率領一整支精英軍團都擋不住他們。最後，為了保住能源核不落入死亡軍團手中，聯盟最高指揮官下令將其引爆。正是這場大爆炸，毀滅了整顆斯科皮斯星。」

葉雨宸因為這段話微微瞪大眼睛，有個念頭在腦海中一閃而過，可因為太過荒謬，他覺得那不可能是真的。

雪團沒有立刻繼續說下去，她直視他的眼睛，帶著傷感的藍色大眼睛裡傳遞著讓人心寒的肯定，彷彿在告訴他：是的，你的猜測並沒有錯。

葉雨宸覺得屁股下面的沙發在變冷，一股寒意竄上心頭，讓他情不自禁地打了個冷顫。

雪團伸手按住他的手背，輕輕靠在他身上，就像她還是貓的時候一樣。

「斯科皮斯星是一顆棄子，在所有因為死亡軍團毀滅的星球中，它是最慘的一顆。據說當爆炸發生的時候，大部分的平民都還在睡夢中，只可惜，他們再也無法醒過來了。」雪團輕聲嘆息。

葉雨宸渾身冰冷，他不可置信地瞪著眼睛，卻許久都說不出話來。雪團安靜地陪著他，少女的體溫通過彼此貼近的肌膚傳來，卻絲毫無法讓他感覺到溫暖。

棄子，他怎麼會不明白這句話的意思？為了保護那顆新型能源核，整顆斯科皮斯星直接被放棄，而上面所有的居民就這樣被取消了生存的資格，連抗爭的機會都沒有。

這是多麼殘忍的事？可蘇迪他……怎麼可能會答應？

透過他微顫的皮膚，雪團似乎察覺到了他的想法，少女輕嘆一口氣。「雨宸，宇宙警部也是軍隊體系的一部分，洛倫佐是軍人，服從命令是他的天職。

更何況在這件事上，就算他不服從，僅憑他一個人又能做什麼？」

葉雨宸迷茫地搖搖頭，他不知道蘇迪能做什麼，他只是單純覺得，蘇迪不會服從這樣的命令。

就算再艱難，那個人也應該會盡他所能地保護那些平民，他怎麼可能眼睜睜看著他們就這樣消失在爆炸的天幕下？可是，斯科皮斯星的大爆炸他已經感應過，那震撼人心的一幕，正是蘇迪在空中親眼所見。

還有從蘇迪那裡感受到的幾乎撕裂胸腔的痛苦，會不會就是他心中最沉重的懊喪呢？

客廳裡沉寂了很久，直到雪團打了個哈欠，葉雨宸才從失神中清醒過來。抬頭看向牆上指向午夜的掛鐘，他深吸口氣，拍了拍雪團的肩膀說：「上樓睡吧，今天妳睡我的房間好不好？」

「嗯？那你睡哪裡呢？」

「蘇迪今晚可能不回來了，我去他的房間睡。對了，妳還會變回貓嗎？」

看著雪團身上超級不合適的衣物，葉雨宸有點頭大，不久前才去買過童裝，這次是不是要去買少女的衣服了？

銀髮少女低頭看了看身上的T恤，不好意思地說：「我的傷勢已經痊癒了，不用再維持貓的形態，但如果你覺得不方便的話，我可以繼續當一隻貓。」

聽到這句話，葉雨宸噗嗤笑了出來。他拉著雪團起身，推著她往樓梯走，邊走邊說：「既然痊癒了，當然還是這樣比較好啦，既養眼又方便，而且，人類的美食可比貓罐頭好吃多了。」

一句話逗笑了雪團，站在他的房間門口，少女拉下葉雨宸的腦袋，在他的臉頰上輕輕吻了一下，這才笑著說：「雨宸，晚安。」

「嗯，晚安。」葉雨宸溫柔地摸了摸她的髮頂，回以最迷人的微笑。

然而，房門緩緩在眼前關上之後，他臉上的笑容很快就消失了。他轉頭朝蘇迪的房間門看了一眼，只覺得心頭像被壓了塊大石，就連呼吸都不怎麼順暢了。

轉身走到走廊的窗戶邊，他看著寂靜的花園，心中久久無法平靜。他現在很想去找蘇迪，想親口問一問斯科皮斯星的真相是不是如雪團說的那樣，他是不是為了保住能源核真的犧牲了一整顆星球的生命。

心底深處總有一個聲音在強調那並不是真相，可無法求證的彷徨更讓他感到不安。

沉重的目光在這時忽然掃到停在花園邊的 Alex，葉雨宸心頭一跳，轉身衝下樓梯就跑出了門。是啊，知道斯科皮斯星真相的人這裡不是還有一個嗎？他現在就可以去求證！

突然出現的人讓智慧型機器人嚇了一跳，車門被打開的瞬間，她差點就要啟動防禦系統。認出來人後，她驚訝地開口：「葉少尉？您還沒有睡嗎？」

「Alex，我有事想問妳。」

「您說。」一聽他有事要問，Alex 的語氣馬上認真起來。

葉雨宸挺了挺背脊，緩緩靠在 Alex 舒適的椅背上，斟酌了措辭後開口：「蘇迪他……為了保住新型能源核，真的犧牲了斯科皮斯星嗎？就算那上面還有很多無辜的平民？」

「當然不是！是誰和您這麼說的？」出乎人意料的是，Alex 的反應很激烈，如果她不是汽車而是人類的話，現在大概已經拍桌跳起來了。

葉雨宸卻因為她的反應而感到一陣欣喜，急切地問：「那真相到底是什麼？」

「洛倫佐中校堅決反對引爆能源核，他在斯科皮斯星生活了十多年，早就對那裡的人產生了感情，又怎麼忍心犧牲那些平民呢？何況，娜塔西亞少校也在，要引爆能源核，少校必須親自動手，這也就意味著她絕對沒有生還的可能。

「但當時總部的命令已經下達，就算洛倫佐中校抗命，其實也改變不了斯科皮斯星的命運。所以佩里少校下藥迷昏了他，把他送上撤離的飛艇，畢竟，中校這樣的人才總部是不可能放棄的。中校他……是在飛艇上親眼看著斯科皮斯星爆炸的，這對他來說是多麼痛苦的事。」

Alex的語速很快，隱隱帶著負氣的感覺，聽得出來，對於有人誤解蘇迪的事，她覺得很生氣。

葉雨宸聽到這席話，總算暗暗鬆了口氣。這樣的答案無疑正是他心中期盼的，他沒有猜錯蘇迪的選擇，這讓他覺得很高興。

然而，曾經在蘇迪身上感受過的痛苦也再次浮現心頭。

那種幾乎撕裂胸腔的疼痛，就是蘇迪眼睜睜看著他想保護的星球在眼前爆炸時的痛苦和絕望吧。

手不自覺地抓緊衣襟，葉雨宸的心臟清晰地疼痛起來，為了終於求證的真相，也為了蘇迪。

Alex停頓了幾秒後繼續開口，只是她的語氣已經變得萬分沉重：「洛倫佐中校當時還是上校，而且已經快要升準將了，但因為那次抗命上了軍事法庭，不但被降級處分，還被派到地球這種遠離權利中心的地方。您知道這對他來說意味著什麼嗎？」

嚴肅的問題讓葉雨宸心頭一震，降級處分，遠離權利中心，這對一個處於上升階段的軍人意味著什麼他當然明白，這也是為什麼 Alex 在得知蘇迪被人誤解時會那麼生氣。

「抱歉，Alex，其實我不相信蘇迪會做這種事，所以才特別想知道真相。」沉默片刻後，葉雨宸喃喃地開口，而悅耳的女聲回了一聲嘆息。

是啊，只能嘆息，這種事就算知情人知曉又怎麼樣呢？全宇宙有多少知情者？在不明真相的群眾眼中，斯科皮斯星就是毀於神槍洛倫佐手中，就是他引爆了那顆星球。

這是蘇迪必須背負一生的沉重包袱，而他甚至沒有選擇的權利。

許久後，車內才再度響起 Alex 的聲音：「那一次來襲的死亡軍團實在太強大了，他們的頭領喀爾薩得到了輝火，那是一顆可以百倍提高持有人力量的星雲碎片。中校手下一整支精英軍團居然幾乎全軍覆沒，這是幾十年來都沒有發生過的事。最後如果不是引爆能源核的話，恐怕根本沒有阻止他們的辦法。」

驀然又聽到一個不算陌生的名字，葉雨宸微微睜大眼睛，摸著下巴開口：「輝火？等等，剛才我們在蟲洞那邊的時候，蘇迪接到安卡打來的電話，她說總部已經鑒定過，他們回收的輝火是假的。」

「您說什麼？那顆輝火是假的？怎麼可能呢？喀爾薩雖然是死亡軍團的首領，但他絕對沒有強到那種地步啊，要知道，那可是一整支精英軍團，在他手中就像玩具一樣！」

Alex的語氣很激動，平日裡很悅耳的女聲此刻都有些歇斯底里了，葉雨宸扯了扯嘴角，用不太確定的口氣說：「會不會和星皇有關？」

「星皇？怎麼又扯到星皇身上了？他不是早就死了嗎？」

「妳先告訴我，如果星皇還活著的話，他能幫喀爾薩做到那種事嗎？」

葉雨宸想起在蟲洞那裡薩魯和蘇迪的古怪反應，一切都是從得知蟲洞的製造者是星皇開始的。而之後安卡打來電話通知他們輝火是假的，薩魯的怒氣就愈加無法抑制了。

所以，儘管他對那些往事毫不知情，也不由得猜測，其實星皇和斯科皮斯星的毀滅是不是也有關係。

Alex 幾乎是倒抽一口冷氣，隨後，葉雨宸身前的方向盤開始上移變形，一秒鐘內就變成一塊平板，隨後，上面出現了一系列的圖表資料。

Alex 很快開始解釋：「星皇是星際盜賊，是全宇宙為數不多的S級通緝犯，他的能力是念動力和讀心術，兩種都達到 Level 7。但事實上，Level 7 只是官方對於超出資料判斷範圍的所有能力者的籠統歸類，據說星皇比大多數 Level 7 的能力者都要強大。這一點你可以從他的能量值曲線看出來，從來沒有人達到那樣的峰值。

「星皇手下有一個盜賊集團，他們總共有七個人，能力全都十分特殊，也十分強大，他們自稱幽靈旅團，而這群人就像幽靈一樣神出鬼沒。索羅上將曾經說過，幸好幽靈旅團只是盜賊，而不是死亡軍團那樣的侵略者，否則的話，還不知道宇宙會被他們作亂成什麼樣子。」

葉雨宸聽到這句話，額頭上冒出幾條黑線，能讓那個傳說中的鐵血上將說出這種話，這群人是真的很麻煩吧？確實，僅僅偷盜財寶的話，比挑起戰爭的侵略者要好多了，可問題是，幽靈旅團的盜竊目標真的只是寶藏嗎？

「他們一般都偷什麼？」心裡的好奇實在太強烈，他忍不住開口問道。

「全部是一星級的寶藏，很多都是星球最高級別的機密物品。」

「既然是星球最高級別的機密物品，他們是怎麼知道的？星際盜賊的情報網嗎？」

「情報網？」Alex 的口氣十分無奈，「星皇不需要這種東西，他的讀心術可以告訴他任何他想知道的事。」

「等等，所謂的讀心術，難道不是在和別人面對面的時候可以看到對方內心想法的一種能力嗎?」葉雨宸到現在才意識到，他對這種超能力的理解可能出現了某種偏差。

如果 Alex 有表情的話，現在大概正鄙視地看著他。智慧型機器人尷尬地沉默片刻。「並不僅如此，星皇的讀心術可以連接腦波，據說如果不用特殊道具遮罩的話，只要你在宇宙裡存在，他就能知道你在想什麼。」

葉雨宸這下徹底沉默了，只要在宇宙中存在就能知道對方在想什麼?這種程度的能力絕對不只是用 Level 7 就可以形容的，這也太誇張了吧!星皇這傢伙，就算說他是神一樣的存在也不為過吧!

「那我們現在這樣說話他都能聽見?」

「原則上是這樣，不過他也不可能同時監聽整個宇宙，必須是他想到要連接的對象或者區域才行。否則全宇宙有那麼多聲音，他的腦袋都要爆炸了吧。」

「能夠自主選擇控制的話不是更可怕?」

「這一點認識他的人都知道……」

「所以，如果喀爾薩真的得到了星皇的幫助，完全可以把一支精英軍團消滅吧？作戰計畫、團員能力，甚至是行動時間，他可以知道所有的機密情報？」

「可以這麼說，如果星皇真的還活著，而且喀爾薩確實沒有得到輝火的話，那麼幾乎可以認定，他是靠星皇的幫助才能順利打敗洛倫佐中校所率領的宇宙警部精英軍團。」

猜測得到 Alex 的肯定，葉雨宸頓時能夠理解薩魯和蘇迪古怪的反應了。

原本以為已經解決的超級大麻煩不但重出江湖，而且製造了那樣一場災難，無論是薩魯還是蘇迪，現在恐怕都很想立刻把星皇的腦袋摘下來。

「可是，星皇過去有盜取軍方武器的前科嗎？」葉雨宸覺得其中還有很多蹊蹺，雖然這只是他的直覺，似乎並沒有什麼確實依據。

Alex 在平板上又調出了一系列資料，那是幽靈旅團的所有作案記錄，檢索過後，Alex回答的語氣也有些狐疑：「沒有類似記錄，他一向只對寶物和古董感興趣。」

「會不會是受人委託？或者雇傭之類的？」

「應該不會吧，星皇曾經說過，幽靈旅團不會聽命於任何人，他們只搶他們感興趣的東西。」

「所以，原則上來說，他應該不會去搶斯科皮斯星的新型能源核？」

「是的，他們是盜賊，不是傭兵，偷武器能做什麼呢？而且，被幽靈旅團盜走的東西從來沒有重新出現過，由此可見，他們也不會轉賣偷到手的東西。」

一時間，車內安靜下來，葉雨宸愣愣地看著平板上的資料，只覺得腦子裡一團漿糊，什麼都想不通。

對武器從來不感興趣的星皇為什麼會突然協助死亡軍團搶奪能源核？一向獨來獨往神出鬼沒的幽靈旅團又怎麼會和死亡軍團合作呢？

難道說是因為在德雷星團死過一次導致星皇性情大變？他決定要報復索羅上將，不再當一個不挑起戰爭的盜賊了？如果是這樣的話……那事情真的會變得很棘手呢。

「葉少尉，您還沒有告訴我，為什麼會認為星皇還活著呢。」

片刻後，Alex 改變了話題的方向，星皇到底想幹什麼這種問題就算他們想破腦袋大概也想不出來，還不如聊點實際的事情。

葉雨宸抬手輕輕摸了摸前方的儀表板，原本只是想和 Alex 親暱地互動一下，卻沒想到，掌心碰到儀表板的瞬間，腦海中居然浮現了影像。

不久前在蘇迪那裡感應到的穿著軍裝的女人再次浮現，她做著和他相同的動作，美麗的臉上浮著一抹苦笑，低聲說：「Alex，幫我轉告洛倫佐。宇宙那麼大，我只是去了一顆遙遠的星球，在那裡，我依然過得很好。」

說完，她的眼中滑落一滴眼淚，晶瑩的淚珠彷彿珍珠一般，緩緩墜落，卻叫人不由得心痛起來。

葉雨宸看著那顆眼淚，整個人都愣住了，直到 Alex 喊了他好幾聲，他才猛然回過神來。

「少尉，您怎麼了？身體不舒服嗎？」

Alex 的語氣充滿擔憂，葉雨宸緩緩收回手掌，輕輕握成拳，深吸了口氣後問：「妳剛才說的娜塔西亞少校，是不是留著短髮，笑起來很甜美？常常穿藍色的軍裝？」

他只是突然想到，安卡說過他能感應到的是很重要的回憶，那麼，這個女人對 Alex 來說很重要，對蘇迪來說也很重要。如果她真的是娜塔西亞，那就代表她已經死了，蘇迪心中的痛苦，是不是再也無法修復了呢？

「是的，不過您怎麼知道她的長相？據我所知，就算是洛倫佐中校也沒有她的相片。她在聯盟從事重要的科學研究，檔案和相片都隸屬機密等級，通常情況下是看不到的。」

Alex 的語氣充滿狐疑，葉雨宸扯著嘴角笑了笑，把自己出現新能力的事簡單說了一遍，同時也告訴 Alex 他們在蟲洞那裡發現的情報。

「Level 6 的心靈感應？少尉，您真是讓人意外！」或許是之前已經討論過星皇的事，此刻 Alex 聽到他還活著的消息並不驚訝，反而是對葉雨宸的新能力驚喜萬分。

葉雨宸卻完全擠不出高興的表情，他面露難色地抓了抓頭，語氣糾結地說：「我本來也覺得自己的新能力好帥，可剛才聽妳講了星皇的讀心術後，我覺得實在弱爆了。讀心術其實也算是心靈感應的一種吧？」

「唔。」Alex 的語氣也有些尷尬，乾笑了兩聲後繼續說：「沒錯，讀心術是心靈感應的一種分支，通常宇宙警部會把擁有讀心術的能力者歸入心靈感應能力者，全宇宙只有星皇一個人是被單獨以讀心術分類的。」

「是啊，感覺在那個人面前，自己簡直無所遁形。」

「話不是這樣說，少尉，畢竟不管你有沒有心靈感應，面對他都沒什麼差別，多一種能力總是好的嘛。」

「……Alex，妳這是在安慰我還是刺激我？」

「其實我只是陳述事實。」

「咚」一聲，葉雨宸的腦袋砸在車窗上，他滿頭黑線，嘴角不斷抽搐。Alex這傢伙不愧是蘇迪的搭檔啊，切開來裡面都是黑的。

好一會兒後，他打開Alex的天窗，調整一下座椅靠背，半躺下去透過天窗看星空，嘴裡喃喃地說：「無所不知的念動力Level 7能力者，想想就很可怕呢，索羅上將他們上次到底怎麼擊墜他的？」

「雖然星皇是很可怕沒錯，但他們畢竟只有七個人啊，真的要和軍隊對戰肯定會吃虧。聽說當時宇宙警部可是全員出動，整座德雷星團被圍得水泄不通呢，還從來沒有人能讓索羅上將做到這種地步。而且，那次雖然擊墜了幽靈號，但宇宙警部也損失慘重呢，完全是兩敗俱傷的結果。」

「就因為星皇綁架了薩魯嗎？那星皇到底為什麼要綁架薩魯？他總不會是把薩魯也當成寶物了吧？」

「不是，是因為那塊名叫猛獸的星雲碎片。」

Alex 的話讓葉雨宸吃了一驚，有關猛獸的事他之前聽安卡提過，所以詫異地問道：「猛獸不是他用來限制薩魯能力的工具嗎？聽說本來就是他的？」

「不是，猛獸最早是一位科學怪傑研發出來的道具，據說是專門針對 Level 7 的念動力能力者，可以完全限制他們的能力。那個科學怪傑在研發出猛獸後就想把它獻給宇宙警部總部邀功，這件事原本是機密，但結果還是被星皇知道了。

「可想而知，星皇當然不會允許這種對他有威脅的東西存在。這顆星雲碎片最終在送往尤塔星的路上被幽靈旅團偷走，而那個科學怪傑被破壞了大腦，變成了白痴。」

「變成了白痴？」葉雨宸忍不住驚呼起來，星皇會盜走猛獸他完全不意外，但把研發者變成白痴？下手這麼很？難怪星皇的資料上說他性格暴戾冷酷，S級通緝犯簡直實至名歸，這傢伙根本就是個抖S啊！

「是的，這就是星皇的行事風格，這件事也讓他成為S級的星際通緝犯。原本這件事已經過去了，畢竟想抓住幽靈旅團也是件困難的事情。直到很多年後，同樣擁有Level 7念動力的薩魯閣下出生並且漸漸長大，誰都沒想到，星皇會把他偷走，用來測試猛獸的力量。」

ALIEN INVASION ALERT! 外星警部入侵注意

>>>CHAPTER.5

Alex 說的最後幾個字無比沉重，葉雨宸聽得心驚肉跳，一時之間連大氣都不敢出，只能瞪著眼睛屏住呼吸。

薩魯沒有詳細說過綁架他的人是誰，葉雨宸原本一直以為薩魯會被綁架是因為他是索羅上將的兒子，而綁架他的人是他父親的競爭對手。可這樣順理成章的想像，居然全都錯了？

星皇綁架薩魯，只是為了測試猛獸的力量？還是說，這算是他對索羅上將變相的挑釁？可這種挑釁會換來什麼後果，星皇應該也很清楚吧？既然如此，為什麼還要這麼做？

想來想去都覺得想不通，葉雨宸忍不住問：「全宇宙有多少 Level 7 的念動力能力者？」

「很少，能被劃入 Level 7 的能力者本身就很少，念動力更是寥寥無幾。」

得到這樣的回答，葉雨宸總算稍稍能夠理解星皇的用意。既然 Level 7 的念動力能力者很少，那麼他當然無法輕鬆找到實驗者。而這些人裡大概就屬薩魯最年幼，是最容易下手的對象，那麼找上他就很正常了。

或許，星皇在動手前也沒想到索羅上將會那麼震怒？唔……總覺得還是有哪裡不對勁。

「少尉，您在疑惑為什麼星皇會選擇薩魯閣下作為實驗對象嗎？」Alex不愧是擁有人工智慧的機器人，就算葉雨宸什麼都不說，也猜到了他的心思。

「確實，雖然 Level 7 的能力者很少，應該也沒有一個容易對付，他或許沒有其他合適的目標。但怎麼想，綁架宇宙警部最高指揮官的兒子都不太明智吧？星皇擁有讀心術，自然也知道索羅上將有多寵愛他的兒子吧？」

「確實如此，但只有宇宙警部最高指揮官，才有可能毀掉所有和猛獸類似的星雲碎片。」

「原來如此，他的目的不是薩魯，而是其他那些和猛獸類似的星雲碎片？」

「至少我是這樣認為的，否則的話，薩魯閣下又怎麼可能從他手裡逃出來，再被洛倫佐中校救下呢？如果星皇真的有心困住薩魯閣下的話，以他當時的能力，絕對逃不出星皇的手掌心。」

Alex 的語氣一本正經，顯然是經過縝密的推理，葉雨宸兩手撐在腦袋後面，看著天空緩緩點頭。

真相到底是什麼，可能他們永遠也不會知道。不過星皇這個人的處世方式，還真的是很特別呢。

那樣狂妄而又隨心所欲，讓他忍不住有點小小的羨慕。

不知道是不是能看到他的表情，Alex 在片刻後嚴肅地說：「少尉，您可別羨慕星皇，他是犯罪分子。」

葉雨宸哈哈乾笑起來，他輕輕拍了拍副駕駛座的座椅，閉上眼睛輕聲說：「放心吧，我就算再羨慕星皇，也不會仿效他的做法……畢竟我可沒有他那麼強。」

「難道擁有那樣的能力您就會做嗎？您現在已經是心靈感應 Level 6 的能

力者了，誰知道以後經過特訓會不會變成 Level 7？您如果有這種想法的話，我可要提醒中校注意您的一舉一動了……」

Alex 的碎碎念讓葉雨宸嘴角的弧度不斷上揚，睡意突然湧上來，他懶得動，就這樣維持著嘴角的笑容，放任自己沉入了夢鄉。

幾秒後，Alex 聽到了他平穩的呼吸聲，智慧型機器人輕嘆一聲，無奈地停下碎念，關上頭頂的天窗，打開恒溫空調，這才悄然進入待命模式。

「少尉，少尉！葉少尉，該起床了。」

第二天一早，葉雨宸在 Alex 悅耳的呼喚聲中醒了過來。

不知道是不是成為宇宙警部後不知不覺提高了責任感，他現在確實不像以前那麼愛賴床了，通常情況下有人一叫就能起來。

睜開迷濛的睡眼，他這才意識到自己居然在車裡睡了一夜，天窗在他醒過來的第一時間自動打開換氣，Alex 語調溫柔地說：「洛倫佐中校在昨晚您入睡後聯絡了我，說今天不能陪您去上通告了，讓您自己過去。算算時間，現在起床也差不多了，您快點回去梳洗準備一下吧，我送您去電視臺。」

一聽蘇迪沒回來，葉雨宸瞬間清醒，驚訝地問：「他有說為什麼不回來嗎？」

「要向總部彙報星皇和蟲洞的事，他們現在正在進行網路會議。」

「網路會議？」

「是的，當然，不是用地球上的互聯網，是用星際通訊網路。」

一聽蘇迪是在辦正事，葉雨宸知道他也沒什麼可抱怨的，點點頭後下車回屋。結果剛進門，就聽到屋內響起一聲可怕的類似爆炸的聲音，他嚇了一跳，聽出聲音是從廚房傳出來的，立刻跑過去。

結果廚房門還沒到，一股黑煙已經從裡面飄出，葉雨宸倒抽一口冷氣，大聲喊了起來：「雪團！妳在幹什麼！打算拆了我的廚房嗎！」

廚房裡，只見還穿著昨晚那件寬大T恤的雪團正站在瓦斯爐前，整間廚房幾乎面目全非，黑煙不斷從鍋子裡飄出來，完美的事故現場。

聽到他的聲音，少女轉過頭，一臉委屈地看向他，清秀可愛的臉上全是黑煙，都快看不出五官了。

「洛倫佐沒有回來，我想說你沒有早飯吃了，就想幫你弄一點，沒想到這麼難，明明平旁看洛倫佐做早餐輕輕鬆鬆的。」雪團的大眼裡含著淚水，邊說邊拿起一杯水，直接就要往冒黑煙的鍋子裡倒。

於是，一大早，一陣驟然響起的超聲波差點沒把院子裡的 Alex 震得變形，至於近距離感受到葉雨宸威力的雪團，早就尖叫著捂住耳朵蹲在地上。

差點砸到地上的玻璃杯在千鈞一髮之際被葉雨宸接住，觸碰到玻璃杯的瞬間，他感應到的影像居然不是雪團對它做了什麼，而是蘇迪每天早上用它倒牛奶的畫面。

穿著粉色圍裙的男人雖然面容冷峻，但看著牛奶杯的表情卻很專注，那副一絲不苟的敬業模樣讓他出了神。

「雨宸，你不要突然襲擊好不好？你現在的能力真的很恐怖你知道嗎？」因為頭痛幾乎爬不起來的雪團一把抓住他的褲腳，可憐兮兮地開口。

葉雨宸從失神中清醒過來，放下手裡的玻璃杯，伸手撈起雪團無力的身體，摟著她的腰說：「親愛的雪團，妳還是饒過我的廚房吧，我可以去外面吃早餐。至於妳，我讓佩里過來先接妳去辦公室好不好？安卡那裡應該有適合妳穿的衣服，另外，如果妳要繼續住在我家，頭髮最好也讓佩里處理一下。」

看著雪團一頭如銀色瀑布般的長髮，他的語氣十分認真。

雖然自從他換了第一任男助理開始，狗仔隊似乎都對來他家盯梢失去了興趣，但是難保哪天會不會出現閒得沒事幹的人。被狗仔隊拍到雪團的話，鬧緋聞還是小事，這一頭完全不像地球出品的銀髮可就糟糕了。

雪團聽了他的話，撈起自己的長髮看了看，歪著頭問：「地球上沒有銀髮嗎？」

「在年輕人身上比較少見，偶爾街上或者影劇裡是會出現銀髮的人啦，但那都是假髮。」

「唔，那好吧。」完全瞭解重要性的雪團乖乖點頭，葉雨宸放下她，轉身就撥通佩里的電話。

沒想到，佩里那邊早就做好了準備，少年爽快地說：「雨宸哥你放心吧，我已經準備好專門的染髮劑了，等等就派人過去。另外，雨宸哥你今天結束工作之後到這邊來一趟，你的手套做好了。」

「咦？這麼快？佩里你是通宵趕工的嗎？不用這麼著急吧。」

「呵呵呵……」手機中傳出少年明顯帶著無奈的乾笑聲，「如果不是雨宸哥你碰到甄先生的話，本來確實不用這麼著急，所以我這次爆肝完全都是因為雨宸哥你喔，你要好好記住！以後絕對不要再去碰不該碰的人了！」

聽著這句話，葉雨宸腦海中自動自發跳出了安卡微笑的臉龐，以及那抹藏在笑容背後的警告，他不由得打了個寒顫。「是是是，你放心，我一定記住教訓、痛改前非。」

「那就好，記得工作結束過來試戴，洛倫佐前輩他們今天大概一整天都會在這邊。」佩里又叮囑道。通訊那端有些吵雜，似乎大家在討論什麼的樣子，他說完就匆匆掛斷電話，甚至沒等葉雨宸回應。

「雪團，佩里會派人過來，妳乖乖在家裡等，千萬不要再碰任何東西了知道嗎？」出門前，葉雨宸回頭看著坐在沙發上似乎百無聊賴的雪團，忍不住又嘮叨著叮嚀。

大小姐一大早幾乎毀了他的廚房，他可不敢想像如果放任她不管的話，晚上回來這座房子會不會被拆了。

沙發上的少女怨念地轉過頭，暗暗瞪他一眼後朝他揮揮手，示意他快點走。

走出家門，Alex已經整裝待發，在他上車後，悅耳的女聲立刻響起：「少尉，早上十點的電視臺通告結束後，還有一場小型採訪，就在您的休息室裡進行，請不要忘記，結束採訪後我們就可以去分部了。」

一聽她對自己的行程如此瞭解，葉雨宸好奇地問：「這些都是蘇迪事先告訴妳的嗎？」

Alex 已經啟動引擎，車身平穩地行駛在通往電視臺的路上。「是的，他說雖然您現在已經是宇宙警部的一員，但您在地球的工作同樣重要，不應該被影響。」

葉雨宸把手肘撐在車窗上托住自己的腦袋。在地球的工作同樣重要，不應該被影響嗎？還真像蘇迪會說出來的話呢，就像那傢伙一直以來都把助理的工作做到極致一樣，對他來說，只要是工作，就應該全力以赴吧？

結果因為蘇迪這句話，葉雨宸整個上午的表現堪稱完美。

今天的通告是參加一檔人氣非常高的綜藝節目，這一期的來賓都是年輕的偶像明星，彼此之間很熟，上節目也比較放得開。

但葉雨宸原本對這類綜藝節目的態度一向是很敷衍的，結果今天也不知道是吃錯了什麼藥，居然熱情到主持人都驚訝得差點下巴脫臼。

以至於節目結束的時候，大家都紛紛問他是不是遇到了什麼好事。葉雨宸當時眨了眨會放電的大眼睛，淡定地回答：「哪有，我只是突然意識到我以前的工作態度太不專業了而已啦。」

說完，他豎起兩隻手指，留下一個謎之微笑，轉身離開演播室，回休息室接受採訪去了。而被留下的年輕人全都面面相覷，嚴重懷疑自己是不是產生了幻覺。

毫無疑問，當天採訪的記者也得到了異常滿意的答卷，結束的時候滿臉受寵若驚，就差沒痛哭流涕了。

上了車，Alex很快駛離電視臺，葉雨宸到現在才意識到這和他平時去地球分部的方式不一樣，忙一臉驚訝地問：「Alex，妳這是要送我去指揮部嗎？」

「當然啦，少尉，您不是和佩里少校說好要去試戴手套嗎？」

「我知道，可平時我們不是都走傳送門嗎？」

在他的印象裡，還從來沒有搭交通工具去過指揮部，每次都是走傳送門，以至於他到現在都沒搞清楚地球分部到底在哪裡。

Alex 幾乎是立刻就明白他在想什麼，悅耳的女聲笑了笑。「由於已經確認星皇還活著的事實，加上蟲洞無法被破壞，地球的警戒級別提高到了緊急狀態。目前所有傳送門暫時停止使用，進出指揮部都必須通過宇宙警部的專用交通工具。」

「緊急狀態？有這麼嚴重嗎？蟲洞無法被破壞代表了什麼？」

「代表幽靈旅團隨時可能出現在地球。」

這個答案讓葉雨宸不由自主地嚥了嚥口水，他感覺太陽穴的神經突突跳著，背脊一片發涼，寒毛都豎了起來。

那個星皇隨時可能出現在地球？不是在開玩笑吧？

等等，他不是盜賊嗎？地球在宇宙中只能算得上發展中星球，這裡應該沒有他能看得上的財寶吧？既然如此，他怎麼可能會想來地球？唔，這麼說來，他之前為什麼會想到地球來？難道是因為這裡方便養傷？

滿肚子疑問尚未想出結果，Alex已經駛入市中心最繁華的商業區，葉雨宸看著窗外熟悉的街景，瞪著眼睛說：「Alex，妳不會是要告訴我指揮部就在這附近吧？」

喂喂喂，這裡可是全市租金最貴的黃金商圈，能在這裡立足的公司及商家都是界內龍頭，世界五百強，外星人開的地球分部怎麼可能在這種地方？

在他的概念裡，為了掩飾身份，宇宙警部的指揮部應該開在偏僻的郊外，越少人出沒的地方越好，怎麼可能堂而皇之開在這種市中心？

結果Alex用轉進了市中心最高建築的地下停車場這個事實回應了他的猜測，悅耳的女聲在他耳邊柔和地響起：「地球分部表面上是一家保全公司，事實上，我們也確實為全球大部分的富豪和國家領導人提供保全服務。」

驚人的事實讓葉雨宸的雙眼瞬間瞪成銅鈴，好半天後才結巴地問：「那些人知道你們的身份嗎？」

「當然有一部分會知道，只不過他們也都協助保密而已。」

「這麼說來地球上有外星人這件事根本就不是什麼祕密了？」

「話不能這麼說，一百萬人裡只有一個人知道的事，當然稱得上祕密。」

Alex語氣愉悅地說完，副駕駛座的置物箱自動打開，隨後她繼續說：「少尉，那裡面有一張通行證，您戴在身上就可以自由出入大樓。請乘電梯到頂樓，經過櫃臺後再進入一扇玻璃門，您就能看到熟悉的辦公室了。」

聽到如此詳細的指示，葉雨宸挑了挑眉，從包包裡找出墨鏡戴上，又從置物箱裡拿出樣式普通的通行證，隨手把掛繩套在手腕上。

從地下停車場進入底樓大堂，刷過通行證後，葉雨宸踏入電梯。

朝著密密麻麻的樓層按鍵看了半天後，葉雨宸納悶地愣住了。

記得Alex是叫他乘電梯到頂樓，可問題是，這幢全市最高的大樓總共有一〇一樓，電梯裡的樓層按鍵最高卻只到九十八樓。那他到底是去一〇一樓還是九十八樓？

一肚子疑問的大明星想了想，最後還是決定先到九十八樓看看，這幢大樓裡入駐的除了知名企業外，還有不少豪華酒店和餐廳，他過去也曾經到這裡吃飯，卻從來沒有去過頂層，所以完全不知道那裡有什麼。

看著電梯上的數字一層一層往上跳，他心裡的好奇漸漸強烈到了極點。說起來，雖然已經來過指揮部很多次，但他真的從來沒有仔細留意過環境，只知道是比較普通的辦公室格局，連窗外的風景都不曾觀賞過。

「叮」一聲，隨著樓層數字定格在九十八，眼前的電梯門在發出提示音後，終於緩緩向兩邊打開。

葉雨宸走出電梯，很快就發現這裡和其他樓層的格局不同。這幢大樓的電梯間在樓層的中部，所以在其他樓層從電梯出來後左右都能通行，這一層卻只有單向開放。

通過左手邊的走廊，裝修華麗的櫃臺立刻映入眼簾，而櫃檯後方的牆上則用復古優雅的英文字體寫著公司名稱。那是很長的一串英文，葉雨宸承認以他的英文程度完全認不出那些單字，但縮寫一下就是UNIVERSE公司。

額頭不由得滑落一滴冷汗，他對於這個簡單粗暴的公司名稱表示汗顏後，接著就把目光轉到了櫃臺後方端坐的兩位美女身上。

那是一對雙胞胎，長得完全一模一樣，從眉眼鼻唇的細節到表情全部相同，簡直就像複製出來的一樣，如果不是她們的皮膚頭髮看起來不像是假的，葉雨宸幾乎要以為她們是機器人。

雖然Alex沒有說要在櫃臺登記，但看到兩個大活人坐在那裡，不打招呼似乎不太對。於是葉雨宸信步走過去，露出最迷人的微笑開口：「妳們好，我找……」

沒想到，他的話還沒說完，兩位美女異口同聲地打斷他：「085117葉雨宸，身份已核實，批准進入宇宙警部地球指揮部。」

完全無機質的聲音，冷漠到不帶絲毫感情，葉雨宸心裡「咯噔」一聲，再仔仔細細查看那兩位直視著他的美女，猛然看出那兩雙大眼裡的瞳孔居然很像攝影鏡頭！

一陣寒意從腳底迅速冒上來，同時，櫃臺後方的一扇玻璃移門自動向兩邊打開，被嚇到的大明星就像隻受驚的兔子，用最快的速度跑了進去。

就像 Alex 說的，門後就是他熟悉的宇宙警部地球指揮部，他回頭再認真看了一眼，這才發現他剛才進來的門平時確實一直都在那裡，只不過他從來看過其他人出入而已。

「雨宸哥，你來啦。」佩里的私人辦公室就正對著大門，所以他一進門，正在裡面休息的少年就發現了，隨即揚聲打招呼。

葉雨宸驚魂未定，瞪著眼睛快步衝過去問：「門外坐櫃臺的那兩位是機器人吧？」

佩里剛吃完午餐，嘴裡還叼著根牙籤，聽到他的問題後眨了眨眼，隨後得意地笑道：「是啊，很逼真吧？你是不是被嚇到了？」

葉雨宸滿頭黑線，無力地在椅子上坐下，拍了拍胸口說：「真的嚇到我了，雖然一眼看到她們長得一模一樣就覺得有點奇怪，但皮膚和頭髮都太逼真了，完全不像機器人。」

佩里聞言嘴角的弧度揚得更高，洋洋得意地說：「那當然，我們研發的機器人能和地球上的比嗎？那可是高科技的超級人工智慧，可以勝任任何工作。因為知道你是內部人員，她們才無所謂地暴露身份，不然的話，這樣的機器人放在你身邊，就算和你結婚，你都不會發現真相。」

這話讓葉雨宸又是一陣背脊發冷，他轉頭看了看四周，抬手掩著嘴悄悄地問：「我說，指揮部裡還有哪些是機器人？你得先告訴我，讓我有個心理準備。」

佩里一聽這話，眼中閃過一陣戲謔的光，起身湊到離他很近的地方，壓低了嗓音問：「真的想知道？」

「廢話！免得下次再被嚇到，你不是說根本看不出來？」

「可是我覺得你知道真相更容易被嚇到。」

「怎麼可能，快說，到底還有誰。」

「洛倫佐前輩。」

「什麼？你突然扯蘇迪幹什麼。」

「洛倫佐前輩也是機器人。」

辦公室裡突然安靜下來，葉雨宸渾身僵硬，汗如雨下，平時總是不斷放電的大眼睛此刻目光呆滯，目不轉睛地看著佩里。

而佩里一臉嚴肅地看著他，緩緩點了點頭，那模樣要多認真有多認真。

許久之後，葉雨宸重重地倒抽一口冷氣，兩手抱住腦袋說：「你胡說！蘇迪怎麼可能是機器人！」

「你沒發現他十分缺乏面部表情嗎？機器人都是這樣的。」

「他只是喜歡裝酷而已，他笑起來超好看的！」

「咦？這麼說來雨宸哥你看過洛倫佐前輩笑？我都沒見過耶！」

「廢話！還有他流過血，機器人怎麼可能會流血！」

「咦？他流過血嗎？什麼時候的事？」

「之前費利南德催眠了一個小混混闖進我家，不是蘇迪幫我擋了一刀嗎？他那時就流血了，而且流了好多！你可不要騙我說那些是預先準備好的血漿，我才不會相信！」

葉雨宸覺得他快瘋了，幾乎是歇斯底里地在爭辯。

佩里盯著他看了幾分鐘後，突然哈哈大笑起來，邊笑邊捂著肚子說：「不行了，雨宸哥你太可愛了，哈哈哈，其實你剛剛真的已經開始懷疑了吧？」

「咚」一聲，葉雨宸忍無可忍地賞了佩里一顆爆栗，暴跳如雷地說：「你這個混蛋！竟然耍我！」

「哈哈哈，對不起，對不起，雨宸哥。」佩里笑得肚子都痛了，眼角也冒出了眼淚，他彎著腰氣喘吁吁地說：「我只是看你和洛倫佐前輩感情太好了，所以忍不住想逗逗你。以前娜塔西亞她……」

葉雨宸氣得一把掐住他的脖子，也不管他在解釋什麼，用力搖晃他。「我讓你再要我，你這個死小鬼……」

沒有說完的話因為腦海中驟然跳出來的畫面戛然而止，葉雨宸猛然瞪大眼睛，手裡的動作停住，而佩里察覺到他的異常後，也呆呆地閉上嘴。

ALIEN INVASION ALERT! 外星警部入侵注意

>>>CHAPTER.6

出現在葉雨宸腦海中的，還是那片金色的大草原，但這次的視角變成平視。

遠處有小孩在嬉笑玩耍，無憂無慮地跑來跑去。近一點的地方，蘇迪就躺在草地上，他穿著墨綠色的軍裝，軍帽歪歪地蓋在臉上，手臂在腦後交叉，很悠閒的樣子。

而在他的右邊，坐著穿著藍色軍裝的娜塔西亞。她斜斜地跪坐在草地上，雙手放在修長的大腿上，背脊挺得筆直，臉上帶著溫柔的笑容和蘇迪說著話。然後蘇迪微微彎起了嘴角，儘管軍帽遮住了他的臉，但從嘴角彎曲的弧度，也看得出他笑得很開心。

葉雨宸鬆開了掐著佩里脖子的手，喃喃地開口：「其實你見過蘇迪笑吧？他和娜塔西亞在一起的時候。」

佩里因為這句話愣了愣，但他很快就明白過來，葉雨宸以為他會很感慨，沒想到他居然一臉驚訝地問：「你剛才碰到我的時候看到娜塔西亞和洛倫佐前輩了？」

葉雨宸不明白他為什麼驚訝，納悶地回答：「是啊，看到他們在草原上聊天，氣氛挺好的。是說，娜塔西亞該不會是蘇迪的女朋友吧？」

「如果沒發生那場悲劇，或許他們現在會成為戀人吧。」佩里苦笑著扯了扯嘴角，說完這句話後甩甩頭，朝葉雨宸伸出手說：「雨宸哥，你再試一次，看看能感應到什麼。」

「嗯？為什麼要再試一次，不就是那兩個人在草地上……」

邊說邊伸出手的葉雨宸，因為這一次截然不同的畫面而露出萬分驚訝的表情，幾秒後，他震驚地問：「為什麼我感應到的內容產生了變化？那是誰？」

「是我過去在斯科皮斯星的一位同僚。」

「我為什麼會看到他？」

佩里鬆開了葉雨宸的手，低頭從抽屜裡取出一副手套遞過來，笑著說：

「雨宸哥，恭喜你，看來你在心靈感應這方面還有很大的潛質可以挖。你的能力不僅能看到殘留印象或者重要的回憶，還可以看到對方在想的東西。如果經過特訓，也許還能看到更多。」

葉雨宸神情呆滯地接過手套，片刻後才回過神，驚喜地問：「看到對方在想的東西？那不就是讀心術了？」

佩里單手摸摸下巴，思索了片刻。「還是有點區別的，讀心術是能聽到對方心裡的想法，而你是感應畫面，不過這兩種能力確實很類似。雨宸哥，等這次蟲洞的事告一段落之後，我們就開始特訓吧。」

「好啊！」葉雨宸聽到特訓兩個字就像吃了興奮劑一樣，老實說，新能力居然這麼厲害真的大大出乎了他的意料。按理來說，他身上只有一半外星人的血統，他本來以為他能擁有一種能力就很好了呢。

這麼說起來，他好像還不知道他老爸到底是幹什麼的？上次見面的時候看他穿的是和佩里一樣的研究員制服，這麼說來，他老爸應該沒什麼大不了的能力吧？

邊想著，葉雨宸邊戴上了佩里遞給他的手套。那是一副用銀色絲線織出來的手套，那種絲也不知道是什麼材料，看起來很薄，而且完全沒有分量，戴到手上後會貼合皮膚，而且幾秒後，就像隱形一樣完全看不見了。

「好神奇，完全看不出來。」葉雨宸訝異地感嘆，不斷翻動自己的雙手來回看，還搓了搓手，嗯，雖然能感覺到隔著東西，但完全不影響觸感。

佩里當然知道他在驚嘆什麼，少年嘿嘿笑了笑，一臉驕傲地說：「那當然，這可是我親手做的，要是看得出來，你一個大明星整天戴著手套不是很奇怪嗎？」

葉雨宸笑著點頭，再次伸手觸碰佩里，果然，這次腦海中什麼畫面都沒有跳出來。

「只要戴著這副手套，你就可以恢復正常的生活，不會再看到聽到什麼奇怪的畫面或者聲音了。如果想使用能力的話，只要脫掉手套就好了。」

「那如果平時我在公眾場合的時候突然想用呢？」葉雨宸脫下右手的手套，同時提出了疑問。

手套雖然戴好後會隱形，但脫下後就會現形，對普通人來說，原本看不到的東西突然出現太不尋常了。尤其是從手上脫下來，簡直就像脫下一層皮一樣，還是銀色的皮，想想就可怕。

「啊，關於這一點，」佩里顯然已經事先想到了這個問題，他拉過葉雨宸的左手，指著手背中心的位置邊示範邊說：「不方便脫下來的時候，可以輕輕在這裡逆時針摩擦一圈，五指指尖的部分會自動打開，你再感應試試。」

葉雨宸能感覺到指尖傳來輕微的摩擦，他把手按在佩里的辦公桌上，果然，腦海中再次出現感應畫面，正是昨晚佩里通宵研究製作手套的樣子。

少年認真專注的神情和現在活潑狡黠的樣子截然不同，那畫面讓他莫名感動。

轉身，他一把緊緊抱住佩里，情緒激動地說：「佩里，謝謝你。」

天才少年的臉上瞬間浮起紅暈，雖然他平時很臭屁，從來不知道謙虛兩個字怎麼寫，但真的被人這樣感謝還是有點不好意思。

以擁抱表達謝意後，葉雨宸重新把右手的手套復原，接著就問：「對了，蘇迪他們跟總部彙報完了嗎？」

提起彙報的事，佩里臉上的笑容也淡去了不少，他聳聳肩說：「彙報完了，總部那邊現在大概也炸開鍋了。早上網路會議的時候我看索羅上將的臉都快黑成鍋底了。他還叫薩魯先回尤塔星，不過薩魯沒同意。」

葉雨宸理解地點點頭，索羅上將肯定是害怕星皇報復，畢竟要是這次薩魯再被綁架，多半不會有什麼好下場。

薩魯那傢伙不同意回去，看來也是對現在的自己很有信心，他大概很期待和星皇再次對決吧？

「這麼說來，薩魯除了擁有 Level 7 的念動力，還有什麼能力？看他在倉庫裡的時候自信滿滿，他真的能和星皇對抗嗎？」葉雨宸知道這種問題如果去問薩魯本人，大概會被他一拳打飛，所以還是問佩里比較好。

沒想到佩里也是一臉狐疑，搖著頭說：「我也不知道他還有什麼能力，這是最高級別的機密，但他肯定還有其他能力。」

最高級別的機密嗎？不知道這個「最高級別」的概念在星皇眼裡有沒有意義，或許他早就知道薩魯的所有能力了。想到這裡，葉雨宸搖搖頭，決定暫時不去想這個問題，反正這也不是他能力範圍內的事。

「對了，蘇迪現在在哪裡？」轉頭朝外面看了一圈，發現指揮部裡的人明顯比往常少，葉雨宸隨口問道。

佩里的眼中閃過一絲複雜，嘆了口氣。「多半是在頂樓的觀察室吧，安卡上校已經決定在下次校準的時候要把斯科皮斯星從星空羅盤上刪除，前輩一定很捨不得。」

「星空羅盤？」葉雨宸下意識重複這個陌生的名詞，雖然他來指揮部很多次了，但並沒有參觀過所有地方，至少頂樓他就從來沒上去過。

佩里也懶得解釋，直接起身帶他走出辦公室，來到角落的電梯間，按下向上的按鈕，這才說：「你自己上去看吧，我們這邊的電梯是獨立的，不會遇到其他地球人。星空羅盤可以監測宇宙中各個星球的近況，也可以看到標誌性的影像紀錄。聽上校說，前輩每次上去都會看看斯科皮斯星。」

葉雨宸點點頭，覺得心情變得有點沉重。其實很難想像蘇迪這樣的人會對某段過去耿耿於懷，可事實上，他一直忘不了斯科皮斯星的事，這究竟是因為內疚，還是對娜塔西亞的緬懷？

「叮」一聲，電梯門在眼前打開，葉雨宸走進去，看到面板上果然出現了一〇一樓的按鍵。

佩里在電梯外朝他揮揮手，在門即將合上的時候看著他說：「雨宸哥，你安慰安慰洛倫佐前輩吧。」

葉雨宸張了張口，想問什麼，可完全閉合的門隔斷了他和佩里對視的目光，電梯開始穩穩上升，他感覺自己的心跳也開始加速，幾乎變得無法控制。

幾乎只是一眨眼的時間，電梯門再度在眼前打開，一座巨大的星空羅盤率先映入眼簾。羅盤上有數個座標盤，上面密密麻麻的刻度幾乎能讓人看花眼。

葉雨宸沒有多研究那座羅盤，他注意到旁邊有一道虛掩的玻璃門，直接走了過去。

從門後方透出柔和的淡淡金光，才走近，他就聞到那股再熟悉不過的、猶如香水般的氣味。

推開門，他探進腦袋，毫不意外地看到了那片已經不再陌生的金色草原。蘇迪躺在不遠的地方，兩手撐著腦袋，閉著眼睛彷彿陷入沉睡。

眼前這一幕，和在佩里那裡感知到的畫面很像，除了蘇迪沒有穿軍裝，身邊沒有坐著娜塔西亞，還有遠處沒有嬉笑玩耍的小孩外，幾乎一模一樣。

葉雨宸放輕腳步緩緩走過去，選擇了和娜塔西亞相反的方向，在蘇迪的左邊盤腿坐下。

似乎到此刻才察覺到有人，男人緩緩睜開眼睛，深邃的雙眸中不帶任何情緒，看到葉雨宸，他挑了挑眉，似乎在問他來幹什麼。

大明星微微瞇眼，看著立體投影下美麗的草原，笑著說：「我聽說星空羅盤是用來監測各星球近況的，洛倫佐中校這樣算不算公器私用？」

蘇迪的眉梢因為這句話而揚得更高，但很快，他重新閉上眼睛，懶懶地開口：「宇宙警部的每一個分部都會安裝星空羅盤，我早就覺得這是很嚴重的資源浪費。」

「呃，那你沒有跟上面反映過這個想法嗎？」

「反映了，總部回應的理由也非常充分。」

「他們的理由是什麼？」葉雨宸的好奇心被徹底勾起，其實他可以理解蘇迪的話，像地球這種遠離紛爭根本不參與宇宙爭鬥的星球，哪有必要去監測其他星球的狀況，反正就算開戰他們也不會參一腳嘛。

瞧瞧蘇迪，明明在斯科皮斯星上一直穿著軍裝，可來了地球就變得這麼隨意。

閉著眼睛的人面無表情，隨口回答：「反正有錢，裝就裝了。」

「噗——」大明星噴笑，整個人笑得東倒西歪，就差沒有躺到蘇迪身上去。

神經質的笑聲讓蘇迪的嘴角也微微揚起，他再度睜眼，看著高懸在頭頂的立體影像投射出的太陽，突然淡淡開口：「我曾經和星皇交過一次手，在救薩魯的時候。他很強，強到我動用了時空手杖還是慘敗給他。但輸就輸了，我和薩魯都活了下來，我並不記恨他。可這次，只要一想到斯科皮斯星可能是因為他才毀於一旦，我就恨不得親手殺了他。」

葉雨宸的笑聲隨著這句話漸漸停止，他轉頭去看蘇迪的表情，男人像往常一樣頂著張冰山臉，但他還是在那雙覆著寒冰的眼眸深處看到憤怒的火苗。就算狠狠壓抑著，仍然不斷悶燒的火苗。

沒有回應，盯著蘇迪看了幾秒後，葉雨宸伸出手，輕輕覆在蘇迪的眼睛上。

手指下的眼皮輕顫了一下，那是很自然的生理反應，葉雨宸深吸一口氣，笑著說：「恨有什麼用呢？能不能再碰上都還是未知數呢。有時間想這些，不如想想要怎麼幫我特訓啊。佩里說我的能力不只能看到最重要的回憶呢，也許我能夠成為很厲害的心靈感應能力者喔。」

觀察室裡安靜了片刻，葉雨宸低頭看著蘇迪越來越下垂的嘴角，拚了命才強忍住大笑的衝動，可按著對方眼皮的手卻忍不住輕輕顫動了起來。

安慰蘇迪？或許這種時候他確實需要安慰，可是身為不曾介入他過去生命的自己，卻不是個合適的安慰對象。

葉雨宸更願意相信，蘇迪無論在過去迷茫多久，都能憑藉自己的力量走出來，而他需要做的，僅僅是在旁邊安靜陪伴。

「那你現在感應到了什麼？」片刻後蘇迪的聲音響起，語調平板如機械，但聽得出帶著一絲抓狂的意味。

葉雨宸唇邊的笑意更深，一本正經地說：「你曾經說過很討厭奧密爾頓窺探他人內心的行為吧？既然如此，我怎麼能跟他學壞呢？」

蘇迪抬起手臂拉開葉雨宸的手，握著他的手腕翻轉他的手看了看，挑眉問：「佩里幫你做了手套？」

「不愧是洛倫佐中校，真是火眼金睛。」吐舌做了個鬼臉，葉雨宸的笑容比頭頂的立體投影陽光更燦爛。

蘇迪放開他的手，無奈地搖搖頭。

本以為以這傢伙愛管閒事的個性，一定會對他說一堆有的沒的，結果沒想到，這人今天這麼安靜，安靜到讓他無法繼續這個頹喪的話題。

他的目光落在葉雨宸身上，想從他的笑容裡看出一絲猶豫或者遲疑。但沒有，這人笑得很燦爛也很好看，彷彿壓根就沒把他之前說的話放在心上。

「怎麼了？知道我的能力還可以大大提升你高興傻了嗎？」見他不說話，葉雨宸再度開口，嬉皮笑臉的樣子和不太像話的玩笑讓蘇迪直接翻了個白眼。

「我發現你的新能力還附帶一個增益效果。」

「什麼效果？」

「你的臉皮比以前厚多了。」

略顯刻薄的話讓葉雨宸的嘴角抖了抖，他剛想說什麼，口袋裡的手機突然響了起來，他狠狠瞪了蘇迪一眼，決定暫時休戰。

「咦？這傢伙怎麼會打電話給我？」看著手機螢幕上的來電顯示，他詫異地自言自語，隨後接起電話，狐疑地開口：「洛華？」

另一端立刻傳來輕笑聲，隨後，熟悉的嗓音響起：「雨宸，是我。」

「你怎麼會用這個號碼打電話給我？你回國了嗎？」葉雨宸的音量提高了一些，神情也激動起來，身旁的蘇迪瞥了他一眼，重新閉上眼睛。

「是啊，正好回來辦點事，剛下飛機就打電話給你了。」

「這才像話嘛，怎麼樣？晚上出來喝一杯嗎？」

「當然，我準備叫上阿平他們，你還想找誰嗎？」

葉雨宸的視線情不由自主地掃過蘇迪，見他閉著眼睛一派悠閒的樣子，笑著問：「我能帶我的助理一起去嗎？」

「你的助理？上次拍巧克力廣告的那個嗎？」

「我靠，這你都知道？」

「你不知道那個廣告有多紅嗎？我在美國都被朋友安麗了好多次，身邊的女性朋友都說他帥得沒天理呢。你能帶他來嗎？那太好了，我超想見見他本人的。不如把那群女生也叫上吧，她們絕對會開心到痛哭。」

洛華的語速很快，音調裡全是興奮，葉雨宸聽了卻有點不爽，從鼻子裡哼了一聲。「好啊，原來說了半天，你一開始就在打我家助理的主意？」

「怎麼會呢？雨宸你是我兄弟，你家助理可不是，這不是順便嗎，哈哈。怎麼樣？那就這麼說定了？就當辦一次同學會啊，晚上九點在我們以前常去的星爵？」

「喂喂，我還得先問過他呢，你先別告訴其他人！」

「嘿嘿，你是他老闆，你開口他哪有不從的道理？就這麼說定了，我這就去通知其他人，晚上見啊雨宸！」

洛華急切地說完，留下一串詭異的笑聲，接著就掛斷了電話。

「嘟嘟嘟」的忙音傳來，葉雨宸愣了幾秒鐘，強忍下摔掉手機的衝動，仰天發出一聲悲鳴，這才重新看向蘇迪。

男人緩緩睜開眼睛，似笑非笑地看著他，那表情，完全就是在看一個白痴。

「哈哈哈，蘇迪，你會跟我去的吧？」知道蘇迪擁有超越普通人的五感，肯定已經把他們的對話一字不漏地聽進去了，葉雨宸連忙眨了眨左眼，拋出一個最完美的媚眼，語氣也充滿了誘惑。

只可惜，他這人見人愛花見花開的美貌根本打動不了眼前這座冰山，蘇迪皮笑肉不笑地說：「第一，我的老闆是星光影視公司，並不是你。第二，我和你的嗜好不同，不喜歡被人圍觀欣賞。」

「哎喲，不會被圍觀啦，只是去喝一杯輕鬆一下，這也是助理分內的工作啊。」

「要我和陳樂確認一下嗎？」

見他一本正經摸出手機，葉雨宸連忙撲上去阻止他。開玩笑，如果被阿樂知道他打算去同學會，鐵定會衝過來對他河東獅吼！

用力固定住蘇迪的雙手，葉雨宸委屈地撇了撇嘴，用可憐兮兮的語氣說：「剛剛佩里要我好好安慰你，這可是我加入宇宙警部以來頭一次被委以重任。虧我費盡心思想著要完成，沒想到你這麼不配合，真是好心被雷親。」

蘇迪聽著這句話，朝他看了足足一分鐘後，突然說：「我覺得還是有必要幫你聯繫《天使之淚》續集的劇組。」

葉雨宸完全沒想到他會突然扯到工作的事，愣愣地眨眨眼問：「什麼意思？」

蘇迪推開他起身，淡定地說：「你的演技不去演那種腦殘劇太可惜了。」

葉雨宸望著眼前離去的頎長背影，握緊拳深吸一口氣，張嘴就要喊，結果一個「蘇」字剛出口，前面的人回過頭，豎起一根食指朝他搖了搖說：「我戴了隔離耳機，聽不到你的超聲波。勸你不要在這裡使用能力，不然把觀察室的設備震碎的話，就算你是大明星，收入也是不夠賠的。」

一句話，讓葉雨宸立馬抬手捂住了嘴巴，而蘇迪嘴角揚起一抹詭祕的笑容，接著轉身快步離開觀察室。

葉雨宸在幾秒後回過神來，跳起來追上去，結果還是晚了一步，電梯門在眼前閉合上最後一絲縫隙，而縫隙之後，是蘇迪陰謀得逞的笑意。

這個混蛋！他根本就沒戴什麼隔離耳機吧！啊啊啊啊啊——葉雨宸抱著腦袋仰天無聲長嘯，借此抒發內心強烈的悲憤。

然而他不知道的是，就算沒有發出聲音，他的超聲波也已經透過空氣傳播出去，整棟宇宙警部地球指揮部四層樓的所有員工，都在那一瞬間感受到劇烈的頭痛。

於是，當好不容易平復心情的大明星重新搭電梯回到樓下的時候，以安卡為首，蘇迪、薩魯、佩里站成一排，後面還跟著好幾位宇宙警部，一大堆人站在電梯門外迎接他，而且全部面帶菜色。

「這是怎麼了？」葉雨宸驚訝地看著龐大的迎賓團，腦袋上冒出無數問號。

安卡微微一笑，語氣親切地問：「雨宸，你有什麼不爽的事情嗎？」

葉雨宸納悶地看著她，眨了眨眼睛，朝蘇迪看了一眼，語帶不滿地說：

「是啊，蘇迪欺負我。」

一句話讓在場的大多數人都打了個冷顫，甚至有人不小心驚掉了下巴。

安卡意味深長地朝身邊滿頭黑線的男人看了一眼，語調平直地開口：

「洛倫佐，無論雨宸要你做什麼，你都應該無條件完成，畢竟你現在在地球的身份是雨宸的助理，這是你應該做的。」

蘇迪的眉梢不受控制地跳動一下，他摸了摸手上的能量環，面無表情地問：「一定要這樣嗎？」

安卡在瞬間換上一張笑臉，點頭說：「不錯，為了地球分部所有員工的健康著想，請洛倫佐中校務必做到。」

旁邊的薩魯和佩里連連點頭，其他人則一致向蘇迪行注目禮，那些水汪汪的大眼睛裡彷彿寫著：一切就拜託您了，中校！

一道十字青筋從蘇迪額際跳了出來，他強忍下拔槍的衝動，轉頭看向葉雨宸，冷冷開口：「晚上我和你一起去。」

「真的嗎？太好了！」葉雨宸頓時歡呼起來，其他人見他滿意了，紛紛鬆了口氣，三三兩兩散開了。

安卡扶著額回她的部長室去了，佩里攤了攤手往研究室的方向走，只有薩魯留在原地，看著葉雨宸的目光有些怨念。可惡，為什麼我就沒有超聲波的能力呢？真是太可惜了！

接收到少年身上散播開的負面情緒，葉雨宸好心地走到他身邊，摸了摸他的腦袋問：「薩魯，你這是怎麼了？」

薩魯看看他再看看一言不發的蘇迪，撇了撇嘴說：「蟲洞的研究這兩天有點進展，我找到源頭了，今晚本來想讓洛倫佐幫忙一起看看能不能直接關掉它的。」

「原來如此，」葉雨宸哈哈笑了笑，拍著薩魯的肩膀說：「那我們聚會結束直接去蟲洞那邊找你吧，不會太晚的，你放心吧。」

一聽聚會這兩個字，薩魯眼中都快浮起幽怨了，葉雨宸此時才意識到他多半是在吃醋，臉上的笑容頓時更得意了。

但笑過之後，他就轉頭詫異地看著蘇迪問：「說起來，你怎麼突然改變主意了？還有上校剛才為什麼會說那麼奇怪的話？」

什麼地球上的身份，無條件執行，還扯到員工的健康問題？他在頂樓的時候下面發生了什麼事嗎？

看著葉雨宸一臉天真的樣子，蘇迪深深嘆了口氣，搖搖頭轉身走了。

大明星看著他惆悵的背影，眨了眨眼睛轉頭又用詢問的眼神看向薩魯，後者咧嘴露出燦爛的笑容，朝他揮了揮手說：「我回蟲洞那邊盯進度了，雨宸哥，晚上見。」

說完這句話，薩魯轉身直衝傳送門，沒有一絲猶豫地消失在他面前。

大明星茫然地看著瞬間變得空蕩蕩的電梯間，聳聳肩，也轉身走了。

ALIEN INVASION ALERT! 外星警部入侵注意

>>>CHAPTER.7

傍晚，如血的夕陽在遠處的天邊一點點褪去，當最後一絲光明消失，黑暗終於接手統治權，開始徹底籠罩整座城市。

廢棄的倉庫中，數位身穿白色制服的研究員正從一大堆資料中進行篩選，很久之後，其中一個滿頭白髮的老人抬起頭，看向坐在倉庫門口，手裡拿著瓶飲料，正斜靠著牆仰頭觀察星空的少年。

「薩魯，蟲洞源頭的資料已經校準了，是美塞隆星。」老人的語調平和，但眼底深處卻忍不住浮起一絲憂心。

雖然在校準之前就已經有了心理準備，但這個結果真的出來時，每個人的心裡都不由得產生了一絲不安。美塞隆星，那是星皇的母星，也就是說，這些資料真正證明了星皇還活著的事實。

不再是靠葉雨宸的超能力感應到的似是而非的可能性，而是真正站得住腳的，科學的數據資料。

倉庫門口的少年回過頭，表情出人意料的平靜。有人忍不住抬頭看了眼頭頂新裝的吊燈，心中還在默默擔心它們再一次爆裂，但顯然，這個擔心有些多餘了。

薩魯甚至沒有站起身，他朝桌子上的設備機看了一眼，淡淡開口：「辛苦了，克魯斯中校，麻煩你們先把資料整理成報告，等洛倫佐中校來看過之後再向總部彙報。」

「好的。」老人應了話，和部下們再度開始手邊的工作，而薩魯抬手喝了口飲料，重新看向星空。

十幾分鐘後，正當老人整理好資料，準備彙整成報告的瞬間，連接在蟲洞上的警報器居然刺耳地尖叫起來。

持續的高分貝警鈴讓人頭皮發麻，薩魯瞬間起身，震驚地轉頭看向蟲洞。

只見原本被封印的彩色光璿居然開始旋轉，而桌子上的設備機中不斷跳出異常凌亂的曲線圖，克魯斯朝圖表看了一眼，慌亂地開口：「星際能量突破警戒線了，這組資料……是幽靈旅團！」

最後一個字還沒說完，一艘巨大的太空船從蟲洞中緩緩駛出。飛船的速度很慢，但完全撐滿空間的船體還是一下子就撞飛了倉庫內的設備。

薩魯在飛船出現的瞬間抬手，所有的研究員在他的能力下身體自動急速後退，在千鈞一髮之際避免了被飛船碾碎的命運。

銀色的船體與地面摩擦發出刺耳聲響，透過艦橋的玻璃，可以清晰地看到幾個人影。視線彷彿被定住一般，薩魯仰頭看著艦橋中央的金髮男人，雙眸目不轉睛，垂在身側的手卻在瞬間緊握成拳。

男人也在看他，如精靈般美麗的面容上沒有表情，居高臨下的目光更不帶一絲情感，讓人完全猜不透他在想什麼。

「克魯斯中校，帶著大家回指揮部，快！」

從那雙無情的眼睛裡感覺到危機的薩魯當機立斷下達命令，然而，頭一次親眼看見傳說中的星皇，這位名揚全宇宙的S級通緝犯，窮凶極惡的代名詞，那種震撼已經讓這些幾乎沒什麼武力值的研究員嚇呆了。

沒有人能挪動雙腿，他們全都呆呆地看著艦橋上的人影，甚至對薩魯的命令做不出絲毫反應。

「克魯斯中校！」薩魯揮動手臂一拳打在身邊的牆上，剎那間，整張牆面裂開一條深深的縫隙，牆壁連同地板產生的震動終於把那些人驚醒。

克魯斯朝薩魯看了一眼，臉上閃過明顯的猶豫。逃命？他們當然想逃命，可把薩魯獨自留下？這怎麼可以？

「你們先走，我能應付他們。」從老人的表情裡看出他的想法，薩魯用肯定的語氣說完，手一揚，克魯斯第一個被送到傳送門前。

飛船上的人看起來似乎並沒有阻止他們離開的意思，然而，當克魯斯一腳踏進傳送門，卻驚訝的發現他的腳尖踢到了堅硬的牆壁，下一瞬，由光暈形成的虛空傳送門在他眼前消失了。

「傳送門，薩魯！」克魯斯中校僵硬地轉過脖子，然而，薩魯已經沒空理會了。就在他開口說話的瞬間，薩魯注意到星皇身邊少了一個人！

不是空間轉移，他看到那個人和星皇說了一句話，然後星皇點了點頭，那人微微一笑，一轉身就不見了。而這個念頭剛剛在腦海中浮現，倉庫中就響起了驚呼聲。

緊接著「咚」一聲悶響，克魯斯中校倒在地上，再一眨眼，好幾個研究員都軟軟倒地，似乎遭到了什麼攻擊。餘下的人慌亂地四處散開，但仍然無法阻止不斷自他們身邊晃過的光，一個個陸續倒下。

薩魯的臉上浮起一絲怒意，下一瞬，他突然張開五指揮向左後方，一股看不見的強大力量從他掌心中爆發而出，「砰」一聲，原本化成光影的男人被衝擊掀飛，重重撞到身後的牆上，再也無法動彈。

穿著無袖背心和迷彩褲的男人震驚地看著他，不可置信地開口：

「你……怎麼可能？」

薩魯的手指開始慢慢彎曲，男人感覺壓在身上的力量變得異常可怕，他很快便感到窒息，身體幾乎要被這股力量壓碎。他拚命抵抗，可在薩魯壓倒性的力量前，他反抗的力量就如同螻蟻般不堪一擊。

好在，這種情況很快得到了改善。就在薩魯意圖把手握成拳的時候，他頭頂的天花板猛然裂開，砸下來的巨大碎塊迫使他不得不移動位置。

一瞬間的分神，被控制的男人立刻脫身，重新化成一道光跑到飛船邊，然後驚魂未定地拍起胸口。

飛船的艙門邊，不知道什麼時候出現了一個女人。那女人留著齊耳短髮，穿著一條淺藍色的連衣裙，容貌清秀妍麗，但臉上卻有一道長長的疤痕，貫穿了整片左臉頰。

薩魯的眼睛微微瞇起，他覺得這女人有點眼熟，可一下子卻想不起來在哪裡見過。幽靈旅團的團員顯然經過換血，不管是那個拍著胸口的男人還是這個女人，都絕對不是原本的團員。

女人的雙眼筆直看著薩魯，她的表情似乎帶著一點點憂傷，目光很柔和，沒有絲毫敵意，正因如此，薩魯沒有回避她的視線。

然而，幾秒後，當他察覺到自己的身體突然無法動彈時，他的瞳孔劇烈收縮了一下。

「妳是！」震驚的話剛說出口，飛船邊的男人像幽靈一樣飄到他身邊，抬起右手立成手刀，接著重重砍在他的後頸上。

鈍痛直衝腦門，薩魯在失去意識的瞬間，低頭看向右手手腕上的能量環。

穿著藍色連衣裙的女人看著少年倒地的樣子，臉上浮起不忍，神情痛苦地把頭轉開。

身後響起腳步聲，艦橋上的人走了下來。對方來到她身邊，輕輕拍了拍她的肩，淡淡開口：「妳做得很好，我會遵守對妳的承諾，不會傷害他。」

這時，薩魯身邊的男人揚起笑臉，朝這邊問道：「老大，這些人怎麼處理？」

金髮的男人朝倒了一地的人群看了一眼，目光最後落在薩魯的能量環上，他盯著能量環看了兩秒，金屬製成的手環頓時碎裂成幾瓣，叮叮噹噹掉到地上。

他的雙手插在外套口袋裡，抬步朝外走，說話的語氣波瀾不驚：「不用管他們，控制好這位就行了。我和萊恩去把目標帶回來，宇宙警部那邊可能已經察覺，做好隨時出發的準備。」

「沒問題，老大你就放心去吧。」

星皇走到門口，仰頭看了星空一眼，一道修長的身影突然出現在他身邊，順著他的視線也抬起頭，嘴角揚起一抹笑容，語氣愉悅地說：「我們離開有四年了吧？還真是懷念這裡呢。」

星皇眉眼中閃過一絲笑意，點了點頭，身邊的人沒再說話，抬手搭上他的肩膀，兩個人立刻消失在原地。

晚上八點，葉雨宸和蘇迪開著 Alex 上路。

星爵是距離他們大學很近的一家小酒吧，因為特別推出不含酒精的酒飲，所以相當受學生族群的歡迎。從大學時代開始，他們就經常去那裡玩。

蘇迪其實知道葉雨宸為什麼硬要帶他一起去聚會，無非是看他心情不好，想帶他出去發洩一下，這也是為什麼他最終選擇了妥協。

比起留在指揮部等候總部下一步的指示，或者說忍不住想起所有和星皇有關的細節，這種時候他寧願跟葉雨宸待在一起，該吃就吃該玩就玩，放空一切去享受地球上最後的安寧。

而自從他答應一起去之後，葉雨宸就很興奮，臉上的笑容從下午起就沒消失過，上車後更是滔滔不絕的跟他說起各個同學的情況，其中說最多的，就是今天打電話給他的那個洛華。

「洛華是我學生時代最要好的朋友了，不過他大三開始就出國了，我們也有快四年沒見面了吧。他還有個哥哥，據說身體一直不好，需要臥床靜養的那種，當年出國也是考慮到給他哥哥換一個更好的環境。」

「他也挺不容易的，父母很早就過世了，一直和哥哥相依為命，結果哥哥身體還不好。他這個人超級倔強，那時候我們常說要去看他哥哥，看能不能幫忙照顧，他都不願意讓我們插手。」

「當時他一個人打好幾份工，拚命賺錢，我都不敢想像他到底是怎麼熬過來的。為了省住宿費，他也不住在學校裡，每天來回跑。說實話，每次看他的日程表，我們都懷疑他根本就不睡覺，不然的話，這些工作根本就做不來啊，在路上還得花掉很多時間呢！」

「我們看他實在辛苦，就同寢室幾個一起湊錢想資助他，結果他也不願意拿，總是說他自己能應付。」

「後來到大三，他們家有個幾年前移民的親戚因為沒有小孩決定領養他們，他們就去了美國。這幾年他音信全無，我本來還很擔心呢，想不到這小子突然就回來了。」

葉雨宸說這些話的時候蘇迪並沒有插話，他坐在駕駛座，目光直視前方，只在葉雨宸停下來的時候應一聲，表示他有在聽。

他對這些普通的地球人其實並沒有興趣，但葉雨宸說得很開心，他也不想打斷他，就當聽故事打發時間。

八點半過一點的時候，Alex 停在了星爵門口。雖然天色已經十分昏暗，街上行人也不算多，但葉雨宸還是壓了壓戴在頭上的鴨舌帽，扶了扶墨鏡，確認自己偽裝得很好，這才轉頭朝蘇迪笑了笑，率先下車。

看得出他對今晚的聚會真的很期待，蘇迪在心中暗暗嘆口氣，認命地跟上去。

「中校！」

結果，兩人剛走到星爵門口，蘇迪一直隨身佩戴的耳機裡傳出了 Alex 的聲音，聽出她語氣中的急切，他停下腳步壓低嗓音回話：「怎麼了？」

「檢測到外星能量源，而且數值爆表。我查看了該地區的記錄，過去雖然也有外星能量源出現過，但從來不曾達到這種程度。」

Alex 的話讓蘇迪立刻提高了警惕，他一把拉住葉雨宸的手，指尖在他的手背上逆時針畫了個圈，看著他說：「有敵人，注意觀察周圍，好好利用你的新能力。」

「咦？敵、敵人？」葉雨宸說話都結巴了，神情慌亂地四處張望。

蘇迪用力握住他的手，把他拉近自己，直視他的雙眼說：「冷靜下來，慌張的情緒會影響你的能力。」

「是、是嗎？可是是什麼敵人？」葉雨宸的眼睛還是忍不住朝周圍瞄，太陽穴的青筋突突跳著，看得出他非常緊張。

「我不知道，只是感覺。」蘇迪沉聲回答，就在說完的剎那，他手腕上的能量環突然震動了一下。

他皺緊眉，低頭看向能量環，這時，身後響起了熱情的招呼聲：「雨宸，你這麼早就到啦。」

神經正萬分緊張的葉雨宸聽到耳熟的聲音，全身一震，猛然轉過身，在看到來人時大大鬆了口氣，勉強揚起笑容：「洛華，你來了。」

信步走來的年輕人穿著米色風衣，身材十分高挑，五官深邃立體，有種混血兒的感覺。他的頭髮是淺栗色的，微微有點卷，有種歐美貴族的味道。

他臉上洋溢著燦爛的笑容，朝葉雨宸張開雙手，給他一個大大的熊抱，嘴裡激動地說：「總算又見面了，我真是想死你了。」

葉雨宸臉上的緊張也被興奮取代，他用力回抱，重重在對方肩膀上拍了幾下，笑著說：「臭小子，一走這麼多年，連點消息也沒有，我們以為你再也不回來了呢！」

「抱歉抱歉，我現在就回來啦。」

「對了，你哥怎麼樣了？身體好了嗎？」鬆開彼此的時候，葉雨宸笑著問道，他們還抓著對方的手臂，就像是久別重逢後捨不得放開似的。

提起哥哥，洛華的神情變得更加柔和，只可惜，就站在他面前，和他維持親密姿勢的葉雨宸卻突然僵住嘴角，再也笑不下去了。

剛開始碰到洛華的時候，他就看到了一些畫面，但那些都是過去大學時代的回憶，他並不覺得驚訝，因為佩里說了他能看到別人正在想的東西，舊友相見，回憶過去是再自然不過的事情。

可是，當他問起洛華哥哥的情況，浮現在眼前的畫面就突然變了，類似醫院病房的雪白房間裡，躺在床上的男人緩緩睜開雙眼。

然而，病人蘇醒並不是重點，重點是，這個病人的容貌對他來說太衝擊了。金髮、尖耳朵、完美的容貌、額頭上的銀藍色符文印記，搞什麼，這不是星皇嗎？

葉雨宸的表情就像吞了蟑螂，而一直看著他的洛華卻輕笑起來，眨眨眼說：「看來你真的看得到呢。」

一句莫名其妙的話讓蘇迪心中警鈴大作，葉雨宸回頭看向他，表情都快哭了，他想把看到的東西告訴蘇迪，可是，他已經沒有開口的機會了。

一股讓人渾身僵硬的強大力量突然出現在空間裡，葉雨宸原本張口想說什麼，可到了嘴邊的話卻被這股力量硬生生壓回去。他很快就發現，除了瞪大眼睛，他的身體再也不受控制，做不了任何動作。

蘇迪下意識按向能量環，然而，就在指尖幾乎要碰到手環的那一刻，驟然而至的力量連他也壓得動彈不得！

明明手指只要再往前送一點點就可以釋放時空手杖的力量，可是，就是這不到一公分的距離，對此刻的他來說居然成了最遙遠的天塹。

有人從後方走近，被路燈拉長的身影筆直傳遞到他們腳下，葉雨宸唯一還能轉動的眼珠朝下方看去，即使只是路燈勾勒出的暗色影子，那人長髮飄飄的樣子依舊有著動人的風韻。

心臟驟然狂跳起來，葉雨宸感覺後背起了無數的雞皮疙瘩，這種從來沒有經歷過的狀況讓他危機感爆棚，恨不得整個人原地蒸發消失。

「神槍洛倫佐，好久不見了，你果然還是一樣棘手，連我都不得不用偷襲這種手段了。」伴隨著一道隱約含笑的嗓音，男人繞到他們身前，光明正大地看著兩人。

橘黃色的路燈為他撒落一片溫暖的光影，讓他的容貌看起來也分外柔和。葉雨宸目瞪口呆地看著他，覺得這張臉怎麼看都和殘酷暴戾抖S這幾個字扯不上關係。

同樣是一張沒有表情的臉，但眼前的男人卻不會像面無表情時的蘇迪那樣給人冷漠的感覺，相反，他給人的感覺很平靜，就像是能容納時間及萬物的大海。

他穿著一身白色的衣服，筆挺的面料包裹著他修長單薄的身軀，純淨的白色搭配他的容貌一點都不突兀，他的雙手插在外套口袋裡，姿態悠閒，彷彿只是出來散步。

蘇迪心中沒有葉雨宸那麼多感慨，他咬緊牙關，從唇齒間冷冷擠出幾個字：「星皇，你想幹什麼？」

星皇微微笑了笑，只是輕微牽動嘴角的動作，就讓他整個人看起來彷彿發著光一樣。葉雨宸看著他的笑容，不自覺地嚥了嚥口水。

「我在為旅團尋找新的成員，托你們的福，米希娜、威亞、艾倫都死了。」星皇說到這裡，把目光定在葉雨宸的臉上，被他一看，葉雨宸渾身的寒毛立刻倒豎起來。

他現在完全不知道星皇到底想幹什麼，這個男人很奇怪，說起三名團員的死亡時，他的語氣竟然沒有絲毫變化，沒有悲傷、沒有憤怒，甚至沒有絲毫波動。

這是什麼意思呢？他不懷念他們嗎？不憎恨害他們團破人亡的宇宙警部嗎？他為什麼可以用這麼平靜的語氣說出這些話？還有，他要找新的團員，為什麼會找到地球上來？

別說葉雨宸想不通，就連蘇迪，對星皇此刻的反應也感到茫然。畢竟，在過去他們少得可憐的接觸中，他其實也並不瞭解星皇到底是個什麼樣的人。

面對兩人驚訝的表情，星皇聳了聳肩，轉頭看向洛華說：「宇宙警部已經出動了，我們該走了。」

洛華點點頭，抬手按住他的肩膀，又轉頭朝葉雨宸笑了笑說：「雨宸，可能會有一點難受，但忍一忍就好了。」

葉雨宸的眼睛因為這句話瞪得滾圓。喂喂，什麼有一點難受忍一忍就好了？他們到底想幹什麼?!

結果，這個念頭剛在腦中冒出來，眼前的景物一晃，視線突然陷入一片漆黑。

星爵酒吧門口，原本站著的四個人突然消失了三個，這讓旁邊路過的人猛然停下腳步，不可思議地倒抽一口冷氣。

星皇一離開，蘇迪的身體晃了晃，恢復了自由。他抬手按住耳機，語速極快地說：「Alex，通知安卡派人來處理星爵門口的目擊者。」

說完，他甚至沒有等 Alex 的回應，整個人跟著消失在星爵酒吧門口。

剛才的目擊者張大嘴巴，驚慌失措地看著酒吧的彩繪玻璃門，幾秒後，發出了見鬼般的尖叫聲。

空間扭曲的感覺對葉雨宸來說並不算陌生，所以在視線變黑又突然變亮之後，他立刻意識到他是被人帶著一起進行了空間轉移。

雙腿有些發軟，幾乎要軟倒的身體被一隻有力的手臂穩穩扶住，他抬頭，看到再熟悉不過的笑臉。

「雨宸，沒事吧？」洛華就像什麼都沒有發生那樣笑著問他，在他站穩後就放開了扶著他的手。

葉雨宸呆呆地看著他，僵硬地轉動脖子，環視四周。

當他意識到自己好像是在一艘太空船的內部後，他的眼珠幾乎要瞪出眼眶，身邊不遠處的星皇朝坐在駕駛座上的男人揚聲說：「出發吧。」

「等等！你們要去哪裡？為什麼帶著我？」眼看太空船緩緩駛向蟲洞，葉雨宸慌亂地大聲問道。

洛華一把抓住他的手臂，語氣輕快地說：「因為你是老大在找的人啊，啊對了，雨宸，我還沒有正式向你自我介紹過。其實我的名字叫做萊恩．洛．華廉，不過你可以繼續叫我洛華沒關係。」

葉雨宸的腦子一團混亂。什麼叫老大在找的人？這傢伙到底在說什麼？他是神經錯亂了嗎？等等，這些根本就不是重點，他們要帶他去哪裡？不會是要去宇宙吧？開什麼玩笑！

透過艦橋的玻璃，可以看到巨大的彩色光璿正一點點吞噬飛船的頭部，他看不到蟲洞的另一端是什麼，只知道再這樣下去，他真的要離開地球了！

離開地球？這個可怕的念頭一出現，他只覺得整個後背瞬間被冷汗浸濕，他反抓住洛華的手，急切地說：「別開玩笑了，快放我出去，我不要跟你們走！」

「已經來不及了，放心吧，只要離開蟲洞我們就在數十萬光年以外的地方了，不會再被宇宙警部找到的。」洛華笑咪咪地說完，還伸手安撫地拍了拍葉雨宸的肩膀。

葉雨宸已經嚇傻了，同窗三年，他怎麼從來不知道洛華是這麼不聽人話的傢伙？不，他不要被帶走，對方可是星皇和幽靈旅團，他走了還有命回來才怪！

下意識地，葉雨宸張口就想釋放超聲波，結果，星皇在這時回過頭。就在那瞬間，他整個人被一股重力擊飛，「砰」一聲撞上身後的船艙壁，呈大字型被壓在牆上，再也動彈不得。

這個畫面對他來說很熟悉，當初薩魯第一次出現在他面前，也是這樣控制甄毅的。葉雨宸努力抵抗身上的壓力，卻發現這種掙扎根本毫無意義。

星皇看著他挑了挑眉，波瀾不驚地開口：「不要逼我破壞你的聲帶，這樣對誰都沒有好處。」

明明平和的語調中沒有透出一絲威脅的意味，但聽到這句話的瞬間，葉雨宸還是渾身僵硬，打從心底感受到恐懼。

他眼睜睜看著飛船駛入蟲洞，心中充滿絕望。

而就在飛船的尾部要進入彩色光璿的瞬間，一道人影忽然憑空出現在他面前，同時按住他的肩膀。熟悉的冰山臉映入眼簾的瞬間，葉雨宸的眼睛一下子亮了起來。

然而，就在他以為蘇迪會把他救走時，男人的眼睛突然瞪大，露出不可置信的表情。

葉雨宸感到詫異，能讓向來泰山崩於前也面不改色的蘇迪這樣變臉可不簡單。他轉眼，看到星皇身邊不知道什麼時候出現了一個女人，而這個女人正對著他們張開右手，在她的掌心裡，有金色的光芒在閃動著。

和女人對視的瞬間，葉雨宸徹底愣住了。女人的臉他並不陌生，齊耳的短髮，娟秀美麗的臉龐，那是娜塔西亞，一個應該已經死去的人。

猶豫的剎那，飛船已經徹底進入蟲洞，巨大的彩色光璿發出明明滅滅的光，幾秒後，光璿開始縮小，最後變成一個光點，無聲地消失在倉庫中。

ALIEN INVASION ALERT! 外星警部入侵注意

>>>CHAPTER.8

安卡帶人來到倉庫的時候，看到研究員全都倒在地上還沒有恢復意識，設備機的碎片凌亂散在各處，一地狼藉，而薩魯站在倉庫深處，正看著蟲洞消失的地方愣愣出神。

跟在安卡身後的佩里一看到滿地的設備機的碎片立刻呆若木雞，整張臉上的血色褪得一乾二淨。我的天，到底發生了什麼事？這裡是被狂風過境了嗎？這些設備機很貴的開什麼玩笑！

「薩魯，怎麼回事？」吩咐手下把克魯斯中校他們立刻送回指揮部接受治療後，安卡快步朝薩魯走過去。

從能量環感受到警示震動到現在也不過只有幾分鐘的時間，這裡怎麼會變成這樣？到底發生了什麼事，甚至讓薩魯來不及通訊，只能用能量環發出求救信號？

背影看起來有些頹喪的少年轉過頭，豔麗的面容帶著幾分肅穆，他直視著安卡的雙眼，語氣嚴肅地問：「妳認識娜塔西亞・格林・歐非少校嗎？」

突然提到已經逝去的人，安卡愣了愣，但她還是迅速點頭。「當然，她和洛倫佐還有我都來自伊萊奧星，可以說是從小就認識的朋友。」

「她的能力是什麼？」

「Level 6 的定身能力，但如果在和她對視的情況下，定身的級別會上升到 Level 7。」

「果然是她。」薩魯在得到答案後握緊雙拳，在安卡還不及反應的情況下再度開口：「娜塔西亞還活著，而且有很大的可能，她加入了幽靈旅團。」

「你說什麼？」安卡露出驚詫的神色，幾乎不敢相信自己的耳朵。

薩魯從口袋裡摸出幾塊金屬碎片，遞到安卡面前，並不說話，而是示意她自己看。

安卡拿起碎片仔細看了看後，眼中的驚訝變得更深。「這是你的能量環？怎麼會變成這樣？」

要知道，宇宙警部的能量環都是由特殊金屬鍛造，極其堅固，研發組經過測試，根本就沒有任何外力能讓其斷裂。然而現在，薩魯的能量環居然斷成了好幾截。

「是星皇，他的力量恐怕比過去更強大了，還有經過換血後重生的幽靈旅團。現在已經可以肯定他們參與了斯科皮斯星的事，可問題是他們是怎麼從爆炸中逃出來的？還帶走了娜塔西亞？」

安卡覺得腦子裡一片混亂，她抬頭看了看空蕩蕩的倉庫，混亂地問：「等一下，你的意思是剛才星皇帶著幽靈旅團來過了？你是被娜塔西亞定了身？那他們來幹什麼？來了又走？還關上了蟲洞？」

薩魯點頭，非常理解安卡此刻的心情，如果不是親眼所見，他也無法相信幽靈旅團會這麼做，這群人到底來幹什麼的就連他也無法理解。沒有對他下狠手而只是讓他失去意識，是不希望他看到什麼嗎？

「對了，洛倫佐怎麼還沒到？」環顧四周才發現早該出現的人竟然還沒現身，薩魯瞬間產生不好的預感。

安卡也一驚，腦中立刻想到了什麼，轉頭看向佩里問：「佩里，聯繫Alex，問問洛倫佐和雨宸的情況。」

佩里本來正為報廢的設備機傷心，突然聽到安卡嚴肅的語氣也是一愣，隨即抬手在能量環上按了幾下，接通了和Alex的通訊。

「佩里少校？你們都不在指揮部嗎？難怪聯繫不上你們，洛倫佐中校讓我通知安卡上校，派人過來處理星爵酒吧門口的目擊者。」

「目擊者？發生什麼事了？」

「星皇來過了，他帶走了葉少尉，洛倫佐中校追過去了。」

「妳說什麼?!」

佩里突然提高的音量讓薩魯和安卡神情一凜，兩人立刻快步走到佩里身邊，正好聽到Alex敘述事情的經過。原本還不確定的猜測瞬間變成可怕的真相，包括佩里在內，三人頓時臉色發白。

「星皇綁架了雨宸哥？洛倫佐追著去了，他們離開了地球？」好一會兒後，薩魯喃喃開口。

佩里一臉快哭出來的表情，著急地問：「現在應該怎麼辦？雖然蟲洞的源頭已經找到了，但這是一座多元蟲洞，我們根本不知道他們會從哪個出口出去。而且星皇把這邊的出口關了，是不是表示他們不打算再回來了？」

安卡頭痛地扶了扶額，老實說，事情的發展完全出乎了她的意料。就算知道星皇還活著，他們原本也只是覺得幽靈旅團可能會重出宇宙惹些麻煩，誰會想到他居然跑來地球綁架葉雨宸？

「Alex，他有沒有說為什麼要綁架雨宸？」毫無頭緒之下，安卡只能再度詢問唯一的知情者。

Alex 想了想後回答：「他有說在為旅團尋找新成員，葉少尉會不會是他想招募的人？」

這句話一說出來，安卡他們三個頓時面面相覷，臉上全是茫然和驚訝。

雨宸是星皇想招募的新團員人選？不會吧？他看中雨宸什麼？超聲波？

這個能力雖然奇襲很好用，也符合幽靈旅團的行事風格，但效力範圍有限，並不是那麼強大。

而雨宸的心靈感應……有星皇在，還需要他嗎？這怎麼想都覺得不太合理啊。

這邊安卡和佩里還在大眼瞪小眼，那邊薩魯摸著下巴喃喃地開口：「會不會……他要招募的人其實是洛倫佐？綁架雨宸哥只是為了讓洛倫佐心甘情願地跟他走？」

薩魯的猜測嚇到了安卡，她皺緊眉頭說：「不會吧，幽靈旅團的成員萊恩本身就是Level 6的空間轉移能力者，星皇不需要同樣能力的人。」

「幽靈旅團已經經過換血，說明之前在德雷星團確實有團員陣亡，誰知道萊恩是不是還活著？」

「他們能在這麼短的時間裡把人帶走，肯定是動用了空間轉移，我認為萊恩還活著。」

「好吧，就算是這樣。可洛倫佐不僅是個空間轉移能力者，他還是神槍手，是空間手杖的持有者。」

安卡覺得空氣變得有點稀薄，呼吸都不順暢了。她抬手撐住佩里的肩膀，好一會兒才再度找到自己的聲音：「不管是為了什麼，先聯絡總部吧。這件事不能拖延，必須盡快找到幽靈旅團，把他們兩個帶回來才行。」

薩魯點頭，果斷地轉身離開。佩里還愣愣地站在原地，睜大眼睛看著安卡問：「洛倫佐前輩他……不可能答應星皇吧？」

安卡深吸一口氣，搖頭說：「據說星皇的洗腦能力很強大，而且必要的時候，他可以直接控制洛倫佐的腦波。何況，薩魯說娜塔西亞還活著，如果她真的加入了旅團，誰知道洛倫佐會做出什麼決定。」

聽著這句話，佩里只覺得頭皮一陣發麻。娜塔西亞還活著這件事對洛倫佐前輩來說意味著什麼他們都很清楚，所以安卡的擔心並不是多餘的。

如果神槍洛倫佐背叛宇宙警部……別鬧了好嗎？這種事情想一想就讓人

寒毛倒豎啊！

「走吧，聯絡總部，這件事已經不是我們幾個能夠處理的了。」

安卡伸手在失神的佩里肩頭拍了拍，轉身帶頭走出倉庫。室外，遙遠的星辰光芒不知被什麼遮蔽，安卡抬頭看天，只覺得今夜的星空特別昏暗。

葉雨宸已經在椅子上乾坐很久了，因為室內的氣氛實在太過僵硬，導致他完全不知道自己該做什麼。

其實他很想離開這間船艙，可是只要一想到外面除了幽靈旅團的團員外沒有其他人，他就打消了出門的念頭。

於是，他只能鬱悶地單手撐著腦袋，坐在舷窗邊，看著窗外從來沒見過的「風景」。

漆黑的宇宙被零星的光點點綴，如同深色的幕布般包裹整個世界。遠處，可以看到無數漂浮在半空中的隕石碎片，更遠的地方，不知道叫什麼名字的星球由耀眼的銀色星雲包圍，漂亮得不像真的。

葉雨宸從來沒想過自己這輩子居然能看到只有宇航員才看得到的美景。如果放在從前，得知可以看到這樣的景色他一定會興奮得跳起來。然而現在，除了悲憤，他想不到任何形容詞可以描述自己的心情。

他被迫離開了出生的星球，甚至連最後一眼都看不到。駛出蟲洞，他們就已經在離地球數萬光年之外的地方了，他都沒辦法親眼確認地球到底是不是像照片裡呈現的那樣是一顆美麗的藍色星球。

葉雨宸很鬱悶，而讓他更鬱悶的是，那個原本應該能救走他的男人，從出現到現在都還沒有開過口，就像變成啞巴般一言不發。

是的，那個讓他鬱悶的男人現在就和他同處一室，坐在距離他身後不遠的另一把椅子上。

而男人的對面還坐著一個女人，毫無疑問，那是娜塔西亞，應該在斯科皮斯星大爆炸中死去，甚至連名字都已經被刻上金星紀念碑的女人。

死寂的空氣在船艙裡凝固，娜塔西亞和蘇迪彼此對視。葉雨宸感覺自己就像一顆超大瓦特的電燈泡，而且他這顆電燈泡影響不到當事人，只能把自己鬱悶死。

不知又過了多久，女人的嘆氣聲輕輕響起，娜塔西亞轉動一下幾乎僵硬的脖子，有些無奈地開口：「洛倫佐，你真是一點都沒變，如果我不開口的話，你是不是打算永遠這樣乾坐下去？」

葉雨宸聽到這句話，忍不住轉頭瞄了蘇迪一眼。後者依舊面無表情，只是目不轉睛地看著娜塔西亞，那複雜的眸光中不知道帶著什麼樣的情緒。

「是的，就像你看到的，我沒有死，而且現在加入了幽靈旅團。」

娜塔西亞的話像狠狠投入平靜湖面的大石，至少在葉雨宸的心裡掀起了驚濤駭浪。

他震驚地瞪大雙眼，不敢相信她怎麼敢在蘇迪面前說出這種話，而且看她的樣子，似乎並不是被強迫的？

蘇迪沒有回答，葉雨宸再次偷偷瞄了他一眼，很擔心看到他發怒或者受傷的樣子。但是沒有，蘇迪就像是沒有聽到這句話似的，表情一點變化都沒有。

就在他以為這人已經變成一座石雕，不會再有任何反應時，男人抬起手，輕輕拂過娜塔西亞臉上可怕的疤痕，英氣的眉峰微微隆起，低聲問：「為什麼不把疤痕去掉？」

指尖拂過每一寸凹凸不平的傷痕，彷彿能看到當日這些傷痕是怎麼出現的，心臟感受到尖銳的疼痛，這種痛甚至超過了親眼看著斯科皮斯星爆炸的時候。

明明應該慶幸她還活著的，可為什麼，看著眼前的她，那種僥倖的快樂卻一點都感受不到呢？

娜塔西亞笑了笑，原本應該很美麗的笑容卻因為貫穿整張臉的傷疤而顯出一分猙獰，她側頭把臉頰靠在蘇迪的掌心，輕聲說：「沒關係，它們能夠提醒我過去發生的事，我想記得那一切。」

「妳在這裡過得好嗎？」片刻後，蘇迪再度發問，他的語氣很自然，彷彿她本來就屬於這裡。

娜塔西亞聽到這個問題，原本略帶悲傷的表情變得柔和，她點了點頭，笑著說：「他們對我很好，就好像我一開始就屬於這裡一樣。」

或許葉雨宸不會明白這句話裡有什麼深意，但蘇迪明白，他神色複雜地看著她，好一會兒都沒再開口。

宇宙警部，作為長期追捕幽靈旅團的官方組織，按理應該是他們痛恨的對象。可他們不但救了娜塔西亞，而且像對待團員一樣對她，這實在是讓人難以想像。

娜塔西亞保持笑容繼續說下去：「那個時候，當我啟動能源核的自爆按鈕，我覺得很不甘心。雖然服從命令是軍人的天職，但那一瞬間我還是忍不住想，為什麼要死的人是我？就算知道我們的犧牲是為了宇宙的和平，我仍然為自己和那些即將在睡夢中死去的生命感到不平。」

葉雨宸因為娜塔西亞的這句話而皺起眉頭，就算他只是個徹徹底底的局外人，在聽到這句話的瞬間，心中都忍不住湧起一絲悲涼的傷痛。

如果可以選擇的話，應該沒有人會選擇死亡吧？

蘇迪凝視著她的目光中產生了一絲波動，他收回手，沉聲開口：「對不起，我什麼都無法為妳做。」

「不，」娜塔西亞立刻接了話，「不是洛倫佐的錯，當你被佩里強行送走的時候，其實我鬆了一口氣。至少，你能替我活下去，這比我們一起死要好得多。」

蘇迪因為這句話陷入了沉默，葉雨宸等了很久，都沒等到他再次開口。

不知道又流逝了多少時間後，大明星最後一丁點的耐心被消磨殆盡，他忍不住轉過身，面對娜塔西亞開了口：「抱歉，打擾你們的對話，可是我實在很好奇。幽靈旅團不是幫助了死亡軍團入侵斯科皮斯星嗎？既然如此，難道妳不恨他們嗎？」

娜塔西亞因為這句話而轉過頭，第一次把目光放到葉雨宸的身上。後者正襟危坐，在和她四目相對後，再度認真地開口：「娜塔西亞少校，不好意思，還沒有正式做過自我介紹。我叫葉雨宸，最近才加入宇宙警部的地球指揮部。」

「我知道你，你是地球的大明星。」娜塔西亞微笑著開口，正想再說什麼，船艙的門向一側無聲滑開，門外走進了兩個人。

葉雨宸抬起頭，目光接觸到星皇時忍不住打了個寒顫。沒辦法，誰叫他還記得對方說要破壞他聲帶的威脅。

星皇身後跟著洛華，那傢伙依舊面帶笑意，還抬手朝葉雨宸揮了揮。大明星火大地狠狠瞪他一眼，接著用力撇開頭。

在得知洛華的身份後，他總算明白這傢伙過去是怎麼樣一口氣打好幾份工了。這傢伙的能力是空間轉移，根本好用得不得了！交通費和通勤時間對他來說根本就沒差嘛！

星皇進門後筆直走到桌邊，輕輕拍了拍娜塔西亞的肩膀，語調平靜地說：「敘舊就先到這裡吧，妳先出去，我有話要對他們說。」

並不是命令的口吻，但星皇的話讓人無法抗拒，娜塔西亞站起身，儘管臉上滿是遲疑，但還是轉身離開了。葉雨宸注意到她似乎有話要對蘇迪說，但最終還是忍住了。

門無聲地合上，船艙裡換了人，氣氛馬上緊張起來。葉雨宸覺得呼吸有點困難，他已經盡量把整個背脊貼在牆上，可還是絲毫無法緩解空氣中的無形壓力。

星皇在娜塔西亞坐過的椅子上坐下，雙手十指交叉擱在桌上，淡淡地開口：「那麼，我就單刀直入地問了，你們願不願意加入幽靈旅團？」

這句話就像晴天霹靂，葉雨宸嚇了一跳，整個人差點從椅子上彈起來。他驚訝地看著星皇，怎麼都沒想到他居然一開口就問這個問題。

通常情況下，要招募新人，不是應該先說說為什麼嗎？他不相信星皇要他們加入旅團只是突然興起，不然這也太隨便了。

可看星皇的意思，好像不打算告訴他們原因？

在葉雨宸疑惑不解的時候，蘇迪已經毫不猶豫地給出答案：「不願意。」鏗鏘有力的嗓音表明了堅定的意志，說出這句話的男人直視著星皇的眼睛，冷峻的眸光中沒有絲毫退卻。葉雨宸在那雙眼睛裡看到了燃燒的烈焰，那是毫不掩飾的，充滿挑釁意味的對立。

船艙裡安靜了片刻，就在葉雨宸擔心星皇會不會暴走的時候，那個完美如精靈的男人微微笑了笑，那是個很純淨的笑容，純淨到葉雨宸覺得在那瞬間他彷彿看到了天使。

然後星皇轉過了頭，看向他問：「你的答案呢？」

葉雨宸的心臟怦怦亂跳起來，他艱難地嚥了嚥口水，努力讓自己鎮定下來，然後緩緩搖頭。

「是嗎？你不願意，為什麼呢？」微微挑眉，星皇的表情看起來充滿了疑惑，這讓葉雨宸產生翻白眼的衝動。

他不願意還需要問原因嗎？開玩笑，他從來就沒想過要離開地球好不好？而且幽靈旅團是什麼組織？盜賊集團啊！被官方通緝的S級罪犯啊！他沒事幹嘛要加入這種組織自尋煩惱？

雖然，他們看起來是有點帥啦……但他作為一個三觀正常秉性純良的優秀青年，還是不太願意走上黑道啦。

葉雨宸的心中充滿吐槽，可要他在這種節骨眼上實話實說，他還真的沒有勇氣。於是他只能嘴角抽搐地乾笑，大腦飛速轉動到底要怎麼回答才不會惹怒眼前的大Boss。

結果，星皇似乎並不是真的想知道他拒絕的原因。

「那真是可惜呢。」喟嘆了一聲，表情無辜的某人就連聲音聽起來也充滿了遺憾，他自顧自地說：「本來洛倫佐追過來我還很高興，感覺就像買一送一，原來並不是啊。」

買一送一……葉雨宸必須承認他被星皇的用詞雷到了。而且，聽星皇的口氣，他是買，而蘇迪是送？這是不是代表他現在的價值比蘇迪還要高？唔……他現在不知道該不該感到高興。

而蘇迪在聽到這句「買一送一」的時候臉色也黑了幾分，甚至額頭上也隱隱跳出一根青筋，但這並不影響他投向星皇的冷眼。

星皇起身，筆直走向葉雨宸，並且在距離他一步遠的地方停下腳步，從外套口袋裡摸出一樣東西遞過來。「我需要你幫我解讀這東西上的殘留記憶。」

葉雨宸的喉結上下滑動了一下，他勉強抵擋住迎面而來的無形壓力，小心翼翼地問：「那個……可以先告訴我這是什麼嗎？」

躺在星皇掌心裡的是個扁平的黑色長方體小盒子，外殼看起來像是某種金屬，磨砂表面泛著淡淡的啞光，上面還有好幾條細小的凹槽，凹槽彼此連接，形成一個古怪的圖案。

「你不需要知道這是什麼。」星皇微笑著回答，波瀾不驚的語氣卻讓葉雨宸的頭皮有些發麻。

他忍不住轉眼去看蘇迪，後者仍舊坐在原地，直視過來的視線不帶一絲情緒。看起來，蘇迪一時之間也摸不透星皇的目的。

不惜暴露行蹤特地把他們抓到飛船上，輕描淡寫地問一句是不是願意加入旅團就算了，甚至沒有多加威脅，現在又要雨宸解讀殘留記憶，這一切都太詭異了。

還是說，其實從一開始，他在意的就只有那個黑色的金屬盒？他找葉雨宸的目的就只是要解讀殘留在盒子上的記憶？

雖然在蘇迪的眼神中看出一絲疑惑，但顯然他並沒有阻止自己使用能力的意思，於是葉雨宸深吸一口氣，在星皇目不轉睛的注視下，緩緩抬手摸向那個盒子。

ALIEN INVASION ALERT! 外星警部入侵注意

>>>CHAPTER.9

指尖接觸到盒子的瞬間，模糊的人影在腦海中閃過，但因為速度太快，他甚至看不清人影的模樣。

而在那最初的瞬間之後，無論他的手指在盒子上停留多久，或者重新觸碰盒子，都沒有再看到什麼殘留記憶。

葉雨宸臉上露出驚訝的表情，顯然，這和他之前的經歷完全不一樣。雖然接觸蟲洞的時候看到的記憶也非常短暫，但只要重複觸碰，就能重複看到影像，而不是像現在這樣看到一次就再也看不見了。

在他皺著眉第五次觸碰盒子時，星皇淡淡地開口：「你看到了什麼？」

葉雨宸搖搖頭，眉頭緊鎖，失落地說：「很模糊的人影，而且一晃就消失了，根本看不清楚。」

「就這些？」星皇的語氣沒有波動，但他的眼神中透出了失望。

葉雨宸就像是被人打了一記悶棍般覺得心裡發堵，張了幾次口都回答不出來。原本以為他的能力會逐漸提升，可照現在的情況，不但沒有提升，反倒還倒退了？

星皇轉頭看了洛華一眼，後者臉上浮起為難的表情，扁著嘴很委屈的樣子，可終究什麼都沒有說。

「這裡是銀河系磁場最弱的地方，你知道這意味著什麼嗎？」片刻後，男人轉回頭，看著葉雨宸問道。

被問話的人搖搖頭，一臉茫然。銀河系、磁場，這些詞彙對他來說就像天書一樣，他怎麼可能知道啊！

星皇挑眉，嘴角勾起諱莫如深的弧度。「這裡是星際能量、也就是我們各自的能力最容易施展的地方。」

「唔……」葉雨宸依然無法理解對方的含義，這裡是能力最容易施展的地方，可是他卻幾乎無法感應盒子上的殘留記憶，這說明了什麼？是他能力真的在退化，還是這個盒子很特別？

他記得佩里曾經提過，宇宙警部有很多道具可以阻止各種超能力發揮作用，這個盒子是不是也有類似的功能？比如可以防止心靈感應什麼的？

正在疑惑，星皇再次把盒子塞進他手裡，然後轉過身，目光落在蘇迪身上。「很多時候，人的潛力無法施展，是因為沒有受到足夠的外界刺激。」

很突兀的一句話，卻讓葉雨宸和蘇迪心中同時警鈴大作，然而，即便意識到此刻應該做點什麼，被困在太空船中的兩個人卻什麼也做不了。

尤其是蘇迪，在星皇話音落下的一瞬間，他整個人被迎面而來的巨大力量掀起，重重撞在身後的牆上。

身體彷彿就要被這股絕對的力量壓扁，他到此刻才真正意識到，自己的力量在星皇面前根本不堪一擊。

「你做什麼！」葉雨宸猛然起身，手裡的盒子因為握得太緊，尖銳的棱角幾乎刺入掌心，引起陣陣刺痛。可這種痛，卻比不上對蘇迪的擔憂。

金髮男人緩緩轉頭，完美的側臉上沒有絲毫表情，他看向葉雨宸，語氣輕鬆地開口：「從現在開始的八個小時內，我要你解讀出盒子上所有的殘留資訊。你可以向我們尋求任何幫助，但如果你做不到，每隔一個小時，我就折斷洛倫佐一種骨頭。為了表現我的誠意，我們先從指骨開始。」

葉雨宸的腦海一片空白，他甚至反應不過來這傢伙的話到底是什麼意思，那邊蘇迪已經猛然仰起頭，發出一聲難以抑制的低吼。他的雙手十指以詭異的角度扭曲，彷彿指骨全都被折斷了！

葉雨宸瞪圓雙眼，那瞬間，他的喉嚨彷彿被看不見的壓力扼住，發不出聲音，也無法呼吸，整個人如入冰窖，渾身僵硬，再也無法動彈。

星皇再度轉身，這一次，他把雙手插進口袋裡，面對著葉雨宸微笑。「我說了，這裡是星際能量最容易施展的地方。所以不要懷疑，我可以在一瞬間捏碎他全身的骨頭。」

葉雨宸的呼吸恢復了，但很急促，他拚命吸氣，可那些吸進來的空氣冰冷得讓他渾身發顫，他的目光越過星皇落在蘇迪身上。

被壓制的男人臉色慘白，額頭散落下來的頭髮已經被冷汗浸濕，那副畫面讓葉雨宸的心尖銳地疼痛起來。

「他確實不怕死，但我本來就沒打算讓他死，我至少有一百種方法可以讓他生不如死。」剎那間，薩魯曾經說過的話在腦海中浮現，他狠狠地顫了顫，只覺得手中的盒子有如千斤般沉重。

「我會盡力，我一定會盡力，求求你不要再傷害他。」意識徹底清醒過來的時候，他聽到自己說著哀求的話，可星皇仍舊保持著莫測的笑容，並沒有回應。

「雨宸……不要。」虛弱的嗓音突然響起，牆上的蘇迪看著他，緩緩搖了搖頭。

星際能量確實可以依靠外界刺激來提升，但這無疑是最極端的手段，對身體的負擔非常重。何況葉雨宸只有一半外星人的血統，他的身體更偏向地球人的體質，根本不可能適應強行提升的星際能量。

蘇迪現在恨透了自己的無能為力，也非常後悔當初的衝動。明知道對手是星皇和幽靈旅團，他這樣一個人追過來根本就不是明智的選擇。

葉雨宸在蘇迪眼中看到了明顯的擔憂，這讓他十分感動。明明被當成人質的是蘇迪，被折斷指骨的人也是蘇迪，可是蘇迪卻還在為他擔心。

他忽然想起安卡曾經說過，從加入宇宙警部的那一刻開始，他就正式成為了蘇迪的搭檔。

沒錯，他們是搭檔，是彼此支持互相依靠的戰友，所以他別無選擇，他要救蘇迪。

「我想換間船艙，洛華一個人看著我就行了，在這裡我會分心。」下定決心後，葉雨宸迅速強迫自己冷靜下來，然後提出第一個要求。

「雨宸！」蘇迪立刻想要反對，但這種時候沒有人會採納他的意見。

星皇點頭，一旁的洛華立刻走過來，伸手搭上葉雨宸的肩，帶著他空間轉移到另一間船艙。

布置簡單的太空艙其實都長得一模一樣，但這裡沒有星皇和蘇迪，對他來說就少了很多壓迫感。

他在椅子上坐下，試著集中注意力然後再度觸碰盒子，但是沒用，無論他怎麼努力，都無法再從盒子上看到一丁點影像。

冷汗漸漸沁出，每一分每一秒流逝的時光對他來說都是煎熬，葉雨宸心急如焚，好不容易勉強凝聚的注意力在瞬間渙散。

「為什麼我完全感應不到殘留記憶？這個盒子到底是什麼東西？」實在忍不住，他轉頭看向洛華急切地問道。

總是滿面微笑的男人在他對面坐下，壓低嗓音說：「老大現在應該需要把全部精力放在壓制蘇迪身上，所以我可以給你一點點提示。這個盒子來自銀河外的星系，製造它的人具有消化一切星際能量的能力，也就是說，任何星際能量都無法破壞它，也無法追蹤它的製造者。」

洛華一口氣說到這裡，警覺地向四周看了看，這才繼續說：「但解讀物品殘留記憶既不是破壞也不是追蹤，所以幾乎是唯一可以在這個盒子上使用的能力。但由於製造者本身的能力是 Level 7，所以你解讀起來會非常困難，雨宸，你要加油！」

洛華說完這句話，用雙手握住葉雨宸的手，用力地上下搖了搖。

葉雨宸惱火地瞪著他，費了很大的力氣才克制自己沒有甩開他的手。他怒道：「你居然還有臉裝出一副和我很熟的樣子？你知不知道我現在恨不得揍飛你？」

「我知道。」洛華一本正經地點頭，委屈地扁了扁嘴說：「但我也沒辦法嘛，我當然也不希望你受苦，但這個盒子上的資訊真的很重要，雨宸，整個銀河系現在只有你能做到這件事。」

「你的意思是整個銀河系只有我擁有解讀物品記憶的能力嗎？別開玩笑了！」

「確實還有別人擁有這種能力，但能在短時間內達到 Level 7 的只有你。」

洛華說這句話的時候很認真，臉上的笑容也收斂了，加上他的眼睛本來就特別大，此時直勾勾地看過來，葉雨宸只覺得分外無奈。

他深深嘆口氣，揮開洛華的手，突然想起自己一直沒摘掉手上的手套，額頭頓時滑落幾滴冷汗。

迅速摘掉手套放進口袋裡，這一次，他閉上眼睛，用雙手同時包住盒子，再一次進行感應。

模糊的人影果然再次出現，昏暗的背景下，他看到影像中出現的人影頭上長著一對巨大的惡魔犄角，裸露的上身十分健壯，鼓起的肌肉一看就透著可怕的力量。

那人戴著半張金屬質感的面具，咬著牙，即使大半張臉和眼睛都被面具遮擋，表情看起來仍然萬分猙獰。

這個長得很像惡魔的男人正在說著什麼，語速很快，似乎正處在暴怒之中。

然後，他霍地抬起頭，面具後的視線準確地對準葉雨宸的方向。

那瞬間，他彷彿真的看到了惡魔，隱約閃動著金色光芒的眼睛有著像蛇一樣直立的狹窄瞳孔，目不轉睛看過來的時候透出讓人渾身冰冷動彈不得的殺意。

葉雨宸的頭突然劇烈地痛了起來，他本來還想努力去聽那個人說的話，可在和對方視線接觸的瞬間，頭痛不期而至，畫面也從腦海中完全消失了。

「唔……」他抬手捂住額頭，嘴裡忍不住發出痛苦的呻吟，可即便雙手離開盒子，那種疼痛仍然不斷地往腦內鑽。

「雨宸！你怎麼了？」洛華一把扶住他的肩膀，語氣中的關切和緊張十分真切。

好一會兒後，尖銳的疼痛才漸漸褪去，葉雨宸的衣服緊緊貼在身上，已經被汗水浸濕了。他一把抓住洛華的手臂，喃喃地問：「那個人是誰？長得很像惡魔的那個人。」

「你看到了？」洛華驚喜地跳了起來，用力握住他的手臂急切地問：「他應該說了什麼話吧？」

「我聽不到，不知道為什麼，他好像能看到我一樣。他突然朝我看過來，我的頭就變得好痛好痛。」

葉雨宸的手還撐著腦袋，即使疼痛已經褪去，殘留在潛意識裡的印象仍然讓他心有餘悸。他不想再承受一次那種痛苦，他甚至感到了害怕。

洛華為難地皺緊眉頭，正想說什麼，太空艙的通訊系統裡清晰地傳出了星皇的聲音：「一個小時過去了。」

葉雨宸的心臟瞬間抽緊，一片空白的大腦甚至來不及反應，通訊裡已經緊接著傳出蘇迪幾不可聞的悶哼。那聲音很輕，聽得出是拚命壓抑下的結果。

「不愧是你，但你這樣強忍著，並不會減輕他心理上的壓力。」

星皇的語氣很輕鬆，彷彿折斷蘇迪的骨頭對他來說只是件微不足道的事，他頓了頓後再次開口：「這次是腕骨，但你這麼有骨氣，下一次我可能會選肋骨，畢竟那個數量比較多。」

「老大，雨宸真的很努力了。」洛華在這時突然開口，神情中透著不忍和猶豫，星皇看不到此刻葉雨宸的表情，但是他能看到。

玉樹臨風的大明星臉色慘白，因為低著頭，所以劉海擋住了大半張臉，他死死咬著唇，甚至完全不理會唇角蜿蜒流下的血跡。

洛華很擔心，如果再這麼逼下去，會不會把雨宸逼瘋？

「那麼，他需要更努力。」星皇淡淡說完這句話，通訊系統中沒有再響起聲音，看來他已經切斷了連線。

葉雨宸低頭，沉默地坐著，幾分鐘後才再度開口：「你還沒告訴我，那個惡魔到底是誰。」

他的聲音很虛弱，彷彿那個被折斷了好多骨頭的人是他。洛華的眉頭皺得死緊，低聲說：「對不起，我不能告訴你，但你必須獲得更多資訊。」

葉雨宸重重一拳砸在桌子上，他猛然抬頭，雙眼因為含著淚水而變得通紅。他看起來就像頭被困住的獅子，因為憤怒和焦慮而變得狂躁，可又因為找不到出路而絕望。

他的呼吸變得很急促，連續喘了幾口氣後，才抬手用力擦掉眼淚，再次去觸碰桌上的盒子。

洛華難過地皺緊眉頭，好幾次想拍一拍他的肩膀安慰他，可又怕自己的手會成為壓垮他的最後一根稻草。

不是不知道他此刻有多麼無助和害怕，可是旅團有旅團的規矩，就算他們過去是最好的兄弟，也不能因此而破壞團長定下的原則。

洛華伸出去的手最終收了回來，他輕嘆一口氣，不忍心再看葉雨宸臉上痛苦的表情，於是別開視線。

「你們有沒有增幅器？」不知過了多久，葉雨宸的聲音響起，聽起來疲憊不堪。

洛華回頭看他，只見他滿頭大汗，臉色發青，可相比憔悴的外表，他雙眼中堅定的光芒卻比剛開始的時候更明亮了。

「雨宸，你還是休息一下吧，你的身體會受不了的。」看出他的勉強，洛華忍不住提醒道。

葉雨宸抬頭對上他的視線，面無表情地冷冷開口：「如果我去休息，你能讓你們老大也去休息嗎？還有被他當成人質的洛倫佐，是不是也可以從牆上放下來，讓他去休息並且治療斷掉的骨頭？」

相識三年，洛華從來沒見過葉雨宸用這種神情這種語氣說話。

他一直是個陽光開朗的人，就算遇到困難或者挫折也總是笑著面對。也正因為他一直是元氣滿滿的形象，才會成為超人氣的偶像，可現在，大明星的招牌笑容徹底消失了。

洛華不知道他應該說什麼好，或許是因為他知道，無論他現在說什麼，對葉雨宸來說都不會比救洛倫佐更重要。

「你確定要用增幅器？」明知道這個問題是廢話，洛華還是忍不住問道。

葉雨宸重新低頭看向手裡的盒子，毫不猶豫地回答：「確定，麻煩你快點拿過來。」

五分鐘後，太空艙的門向一側滑開，除了洛華之外，娜塔西亞也走了進來。

她手上拿著一個類似耳罩式耳機的金屬裝置，皺著眉對葉雨宸說：「這片區域本身磁場就很不穩定，如果再使用增幅器，過度的電磁波可能會破壞你的身體，甚至是腦部。你真的要用？」

「我只想知道在我的腦部被破壞前，有沒有辦法讓星皇看到我感應到的影像。」

「可以，他已經連接了你的腦波，可以同步看到你感應到的畫面。」

「那就好，來吧。」來不及思考更多東西，葉雨宸下了決定。

娜塔西亞和洛華對視一眼，隨後走上前，把增幅器戴在他的頭上。

當金屬電極片貼上太陽穴，葉雨宸的身體不由自主地輕輕顫了顫。一陣輕微的刺痛從太陽穴鑽入，就像一根針刺了進來，好在，這種讓人不寒而慄的感覺很快就消失了。

葉雨宸深呼吸，再次閉上眼睛，用雙手包住盒子。

惡魔的影像再次出現，而且比上一次更加清晰，他甚至在對方的脖子上看到一個環勾狀的刺青。

「喀爾薩這個蠢貨，居然會相信星皇那隻狡猾的狐狸！」

突然傳入耳中的說話聲嚇了葉雨宸一跳，惡魔的聲音很低沉，語調透著濃烈的戾氣，抬起的手掌則握成拳頭，手背上的青筋根根爆起，像極了起伏的山脈。

「哼，聞名全宇宙的S級通緝犯居然也想保護銀河系，簡直就是笑話。」

隨著第二句話話音落下，惡魔抬頭，視線相交的剎那，劇烈的疼痛再度在腦海中綻開，而且比上一次更為慘烈，幾乎讓人無法忍受。

葉雨宸的身體痙攣般顫抖起來，他重重把頭砸在桌子上，身體死死頂住桌沿，卻怎麼都不肯鬆開手裡的盒子。

「雨宸！」洛華吃了一驚，衝過去想扶他，腦海中卻突然冒出一個聲音：「別碰他！」

身體瞬間僵住，洛華的手堪堪停在葉雨宸肩膀上方兩公分處，再也無法向前伸出。

「就讓我們用 VT-X8 當做回敬星皇的謝禮，投放到這個據說是銀河系內繁華僅次於尤塔星的地方……」

聽到這裡，頭已經痛到彷彿快要炸裂，葉雨宸的意識開始渙散，可他依然緊抓著盒子，希望能多聽到哪怕一丁點的資訊。

惡魔仍舊看著他，只不過眼神變得越來越冰冷，那張金屬面具後彷彿隨時會有猛獸撲過來。

「阿爾法星。」隨著惡魔的嘴唇再一次開合，頭痛劇烈到再也無法忍受的地步，葉雨宸口中發出悲鳴，手再也抓不住盒子，整個人側身倒了下去。

意識徹底消失前，他看到一個不知道從哪裡冒出來的人影擋在他面前，隔斷了惡魔狠狠瞪過來的視線。

「雨宸！」洛華渾身一震，直覺要去扶他，可就在這時，一個人突然使用空間轉移出現在他們面前，目光觸及昏迷的葉雨宸後立刻浮起一絲緊張。

沒有絲毫猶豫，他蹲下身，一把打橫抱起葉雨宸，隨後抬眼看向娜塔西亞，面無表情地開口：「帶我們去醫療室。」

娜塔西亞驚訝地看著他，愣了幾秒才回過神，轉身就往外走。

洛華看著他們風一樣離開的背影，也訝異地喃喃開口：「是洛倫佐？他怎麼一副沒事的樣子？」

與此同時，艦橋的艦長座椅上，交疊雙腿閉著眼睛的星皇緩緩掀開眼簾。他的嘴角微微揚起，露出一抹意味深長的笑容。

「老大，看來我們找到方向了？」駕駛臺邊的男人回過頭，臉上浮起興奮的表情。

星皇瀟灑地起身，神色輕鬆地留下一句「目標阿爾法星」後，轉身離開了艦橋。

醫療室裡，娜塔西亞正在檢查葉雨宸的身體，他看起來很不好，體溫已經上升到地球人絕對不可能出現的高溫，臉色潮紅，呼吸急促，雖然陷入昏迷，整個人卻時不時劇烈痙攣。

「我先幫他降溫，目前來看他的身體並沒有受到什麼損傷，可能還是精神上的傷害比較嚴重。」讓蘇迪把人轉到低溫箱後，娜塔西亞看著儀表盤上的各項數據，冷靜地說道。

蘇迪對此並不回應，他坐在低溫箱邊握著葉雨宸的手，目光也直直落在對方的臉上。因為沒有表情，讓人不知道他在想什麼。

跟在他們後面過來的洛華在盯著他的雙手看了很久後，還是忍不住問：

「呃，洛倫佐，你的骨頭都接上了？」

前。

洛華的表情充滿狐疑，他實在想不通蘇迪怎麼會毫髮無傷地站在他面

雙手的指骨再加上雙腕的腕骨可不是鬧著玩的，那可是十幾根骨頭呢。幽靈號上可沒有擁有治癒系能力的人，如果是用器械的話，這麼點時間頂多只能包紮固定，絕對不可能痊癒。

聽到這個問題，蘇迪立刻投過去一個冰冷的眼神，室內溫度彷彿瞬間下降十度，讓他冷不防打了個寒顫。

醫療室的門在這時朝一側滑開，星皇步履輕鬆地走進來，同時揚聲道：「看來洛倫佐剛才的表演騙過了所有人。」

「表演？什麼意思？他的痛苦都是故意裝出來的？他的骨頭根本就沒斷嗎？」洛華瞪圓眼睛不可置信地問道。不是吧，如果那些都是裝出來的，那這傢伙也別當什麼宇宙警部了，應該去地球當影帝才對嘛。

「當然沒斷，不然他現在怎麼可能好端端站在這裡。」星皇信步走到低

溫箱邊，看著裡面仍舊昏迷不醒但似乎已經穩定下來的人，他笑著開口：「只是我讓他產生了骨頭斷掉的錯覺罷了，所有的痛感應該都很真實。」

洛華和娜塔西亞對視一眼，隨後兩人都明白是怎麼回事了。

星皇並沒有真的折斷洛倫佐的骨頭，而是通過操縱他的腦波，讓他感覺自己的骨頭被折斷了。因為痛感是真實的，所以他的反應也很真實，這才騙過了所有人。

當然，他做這一切只是為了刻意刺激葉雨宸，激發他的所有潛力罷了。

「可是……我親眼看到他的手指扭成奇怪的角度，確實是斷掉的樣子啊。」就算理解了是怎麼回事，洛華還是覺得不可置信，心中充滿疑惑。

「對了，我順便操縱了你和葉雨宸的腦波，讓你們看到那個畫面。」星皇的語氣很輕鬆，彷彿談論的只是天氣變化。

「這種事可以做到嗎？」就算對自家團長很瞭解，洛華還是目瞪口呆。

他和葉雨宸再加上洛倫佐，可是三個 Level 6 的能力者，可團長一個人就操控了他們三個？沒錯，他知道團長一向很厲害，可是有厲害到這種程度嗎？

對此，星皇沒有繼續做出解釋，畢竟事實已經擺在眼前，根本不需要他再證明什麼。

「為什麼？」一直沒有開口的蘇迪終於出聲，他抬起頭，板著臉冷冷看著星皇，可目光中卻充滿疑惑和憤怒。

這種被人玩弄在鼓掌中的感覺真的很糟糕，不斷讓他回憶起斯科皮斯星的戰役。

低溫箱邊的男人轉過身，臉上的表情無辜得像是個純情少女。「你想問什麼？我為什麼沒有折斷你的骨頭？還是為什麼要這樣逼他？」

這種時候，就算是向來耐心很好的蘇迪，都產生了想爆粗口的衝動。所以他真的很討厭心靈感應能力者，和他們溝通就像打仗一樣累！

ALIEN INVASION ALERT! 外星警部入侵注意

>>>CHAPTER.10

「唔……」在蘇迪爆發前，低溫箱裡率先傳出一聲呻吟，很輕微的聲音，卻在瞬間引起蘇迪的注意。

他握緊葉雨宸的手，俯身連聲呼喚：「雨宸，雨宸，你覺得怎麼樣？」

意識還沒有完全恢復的人似乎能感受到他的存在，用力握住他的手，嘴裡模糊不清地喊著：「蘇迪，星皇他……星皇他要……」

俊秀的眉心緊緊皺起，幾乎擠成一個川字，葉雨宸的頭微微左右搖擺，似乎想甩開困住他的夢魘。

一直觀察著數據的娜塔西亞在這時開口：「體溫已經恢復正常了，他應該很快就會醒，洛倫佐，把他移到床上去吧。」

蘇迪聞言輕輕鬆了口氣，起身把人抱起來。

就像是感受到他懷抱的氣息，葉雨宸的夢囈停了下來，腦袋溫順地靠在蘇迪的肩頭，情緒漸漸穩定下來。

一直注視著他們的星皇在這時語氣愉悅地開口：「沒想到去一趟地球居

然能看到神槍洛倫佐這樣的表情，真是超值啊。」

蘇迪面對這句調侃沒有絲毫反應，只是放輕動作把懷裡的人放下，又拉過太空被蓋在他身上，這才轉頭看向星皇面無表情地開口：「回答我的問題，星皇，為什麼要做這些事。」

星皇在船艙中央的椅子上坐下，想了想後才說：「我想，首先你必須瞭解，最初讓我決定去一趟地球的原因並不是葉雨宸，而是因為娜塔西亞想再見你一面。她現在是我的團員，我當然有義務為她完成心願。所以，這就是我沒有真的折斷你骨頭的原因，因為我不希望娜塔西亞難過。」

說這些話的時候，星皇的表情沒有什麼波動，目光筆直地注視著蘇迪，沒有一絲一毫的躲閃或者猶豫。他所說的每一個字都是真的，不存在任何謊言的可能性。

蘇迪不由自主地看了娜塔西亞一眼，後者朝他微微笑了笑，那笑容看起來很平和，不再有傷感或者遺憾之類的情緒，就像是完成了心願的釋然。

蘇迪不知道該說什麼，星皇的行為已經完全打亂了他以前對這個人的印象，他現在甚至開始矛盾自己該不該繼續恨他。

放在床邊的手突然被人輕輕握住，他轉頭，看到不知道什麼時候醒過來的葉雨宸正朝他輕輕勾起嘴角。心裡的大石頭終於落地，他低聲問：「你感覺怎麼樣？」

「沒事了，感覺好像去鬼門關走了一圈。」葉雨宸感慨地回答，接著拉起蘇迪的手，看著他修長完好的手指愣愣地問：「你的手……沒事了嗎？」

即使是在意識模糊不清的時候，他也十分著急，拚了命地想快點醒過來，擔心在自己昏迷的時間裡，蘇迪已經被星皇折斷了所有的肋骨。

只要一想到這點，心臟就像被捏緊般痛得厲害，可現在真的醒過來了，船艙裡安寧的氣氛卻讓他驚訝。

蘇迪的額頭上冒出幾根黑線，對他來說，實在不想解釋星皇的「善舉」，好在船艙裡還有一個洛華，他非常樂意描述他們老大是多麼的善良好心，根本就沒動蘇迪一根骨頭。

葉雨宸覺得他好像聽了什麼科幻故事，明明沒有發生的事卻可以讓人看到幻覺，產生疼痛感，心靈感應是這麼厲害的能力嗎？那他如果再努力一點，是不是也可以達到這種程度？

在他的臉上浮起興奮的表情之前，蘇迪抬手摸了摸他的額頭，確認溫度正常後，斜睨著他說：「心靈感應確實是很厲害的能力，但能做到這種程度的恐怕全宇宙也找不出第二個，所以你就不要痴心妄想了。」

聽出他話裡的嘲諷，葉雨宸瞪了他一眼，鼓起臉頰裝出氣呼呼的樣子，接著就朝他揮揮手，示意他往旁邊坐，好讓開被擋住的視線，讓自己能看到星皇。

星皇的目光也正落在葉雨宸身上，四目相對，他重重嘆氣，撇了撇嘴說：「雖然害我差點走進鬼門關的人是你，但剛才救了我的也是你吧？」

這句話讓蘇迪意外地挑眉，就連洛華和娜塔西亞也一臉驚訝地看向星皇。

被眾人聚焦的人倒是很坦然，微微勾起嘴角，玩味地說：「你的意識居然堅持了那麼久，我也很意外，你的能力果然很對我的胃口，不如再好好考慮一下，加入旅團吧。」

葉雨宸聽到這句話，立刻露出了哭笑不得的表情。喂喂，正常人在這種時候不是應該說「你果然很對我的胃口嗎」？「能力」兩個字根本就是多餘的好不好！

注意到蘇迪他們臉上的疑惑，葉雨宸無奈地解釋道：「雖然我還不太清楚到底是怎麼回事，但就在我感覺自己快被撕裂的時候，他在我的意識裡出現，擋住了對方的攻擊。」

雖然當時只是一瞬間的事，但他還是很肯定出現的人影是星皇，而且肯定對方是為了救他而來。

至於意識攻擊這種本來對他來說只存在科幻電影中的設定，他現在已經可以完全肯定真實性了。再加上剛才聽到的有關娜塔西亞和蘇迪的話之後，他更加確信自己的想法沒有錯。

星皇這個人，或許手段是有點極端，或許總是胡作非為，但用殘酷暴戾抖S來形容的話，似乎並不對。

他很難說清楚現在對星皇的感覺，這個人就像是被重重包裹的神祕禮物，每拆開一層包裝，總能看到驚喜。

蘇迪看了星皇一眼，沒有回應葉雨宸，或許是因為他也不知道在這種時候應該說什麼好。就算他出手救了雨宸，可把雨宸逼到絕境的人也是他，說到底，他就是有這種翻手為雲覆手為雨的本事。

不得不承認，這是件很讓人洩氣的事。

船艙裡徹底安靜下來後，星皇再度開口：「在決定回一趟地球的時候，我通過蟲洞發現了你的能力，而恰巧你又是萊恩很喜歡的人，所以我就萌生讓你加入旅團的想法。唔，希望我說風就是雨的行事風格，沒有讓你覺得太意外。」

「怎麼可能不意外……」葉雨宸無力地說，覺得自己連吐槽的力氣都沒有了。

過了片刻，他像突然想起什麼般瞪大眼睛，撐著蘇迪的手坐起身，急切地問：「對了，那個惡魔到底是誰？還有那什麼VT什麼八的？好像是很糟糕的東西？我記得他說要投放到什麼阿什麼星？」

提到這件事，星皇的眼睛微微瞇起，這個表情讓葉雨宸嚇了一跳，覺得自己說了什麼不該說的話。

「你居然還記得。」片刻後，嚇到人還沒自覺的男人摸了摸下巴，語氣十分驚訝。

葉雨宸憋著的一口氣慢慢吐出來，小心翼翼地問：「那到底是什麼？」

星皇臉上浮現無奈，轉頭看了洛華一眼，後者正笑得開心，嘴角都快咧到耳根去了。

蘇迪也察覺到這件事的不同尋常，淡淡開口：「這就是你逼雨宸感應盒子的原因？既然已經把我們扯進來了，就不要再遮遮掩掩的，到底怎麼回事快說清楚。」

一聽到他說「把我們扯進來」，洛華的眼睛一亮，激動地問：「那你們是答應加入旅團了嗎？」

蘇迪聞言轉頭，冰冷的眼神讓洛華渾身一顫，他連忙擺擺手，笑咪咪地說：「開玩笑的啦。」

星皇還在摸著下巴，沉思了幾分鐘後，他突然一拍手，開口道：「確實，雖然你們不願意加入，但有你們的幫忙我們會省事很多，所以這不算違反旅團的原則。」

葉雨宸和蘇迪莫名其妙地對視一眼，這傢伙……是在自言自語嗎？

然後星皇抬眼看向蘇迪，語氣平靜地發問：「在你們宇宙警部的官方資料中，死亡軍團的頭領是喀爾薩嗎？」

突然扯到死亡軍團和宇宙警部官方，蘇迪的眉心微蹙，但還是很快就點了點頭。反正這件事並不涉及官方機密，全銀河系都知道死亡軍團的首領是喀爾薩，而且這傢伙在斯科皮斯星大爆炸中已經死了。

想到斯科皮斯星的大爆炸，蘇迪心裡突然產生不好的預感，他問：「難道他還活著？」

「那種程度的爆炸，我不認為他還能活下來。」

星皇的回答讓蘇迪無語，那種程度的爆炸？你們幾個好像也是從那種程度的爆炸中活下來的，而且，在斯科皮斯星幫了喀爾薩的不正是你星皇嗎？

葉雨宸卻在這時突然想到惡魔說過的話，情緒激動地開口：「所以當時你是故意假裝要幫他的？死亡軍團最終全軍覆沒是因為你？」

從葉雨宸明顯的情緒波動中，蘇迪已經意識到斯科皮斯星的事並不如他們之前猜測的那麼簡單，幽靈旅團在其中所扮演的角色顯然也和他們一開始料想的不太一樣。

興。

星皇一言不發，當著蘇迪的面被葉雨宸洗白，對他來說似乎並不覺得高興。

片刻後，他面無表情地開口：「事實上，喀爾薩並不是死亡軍團的頭領，在銀河系外，還有更強大的死亡軍團存在，而且他們正打算入侵銀河系。兩年前米奧星被毀，就是他們在銀河系小試牛刀。」

「米奧星……」葉雨宸下意識地重複，剎那間，變身少女的雪團和她哭泣的樣子在腦海中閃過，他的拳頭一下子握緊了。

而蘇迪眼中閃過訝異，沉思著開口：「難怪當初米奧星毀滅得很蹊蹺，從我們接到警報到趕到那裡不過短短三十分鐘，整個星球已經毀了。」

「沒錯，因為那些人的能力遠勝喀爾薩和他的軍團。」星皇肯定蘇迪的話，接著說：「喀爾薩是奉命前往奪取能量核，他們在去斯科皮斯星的路上和幽靈號巧遇。喀爾薩一直遊說我們加入死亡軍團，而我在那時得知了他的目的。為德雷星團報仇成為我們臨時加入死亡軍團最好的理由，而喀爾薩欣然接受了我的力量。」

雖然星皇已經清楚地交代了幽靈旅團出現在斯科皮斯星的理由，但蘇迪心頭的憤怒無法因此減輕，只要一想到在那場戰役中失去的東西他就壓抑不住燃燒般的怒意。

「如果你只是假裝幫助他，為什麼要毀掉我們一整支精英軍團？」

脫口而出的指責帶著滿滿的激憤，蘇迪的話讓葉雨宸皺緊眉頭，他完全可以理解蘇迪此刻的心情。

但星皇對此的回應卻是挑了挑眉，還無辜地眨眨眼，直視他的雙眼接話：「我不想讓外面的傢伙入侵銀河系，但並不代表我要和宇宙警部聯手，你們會失敗是因為你們太弱了。」

波瀾不驚的語氣，彷彿描述著再簡單不過的道理。話一出口，整間醫療室安靜得落針可聞，蘇迪一口怒氣被卡在胸口，再也發不出來。

葉雨宸臉上滿是感慨，他還是頭一次看到有人能三言兩語讓蘇迪啞口無言。

這就是星皇的行事風格，或者說，是幽靈旅團的行事風格。他們我行我素，特立獨行，因為他們很強，所以他們不畏懼和任何人為敵，也不打算和任何人合作。

不得不承認，和星皇的每一次對話，都會刷新這個人在心裡的印象。葉雨宸甚至忍不住思考，如果他不是已經加入宇宙警部，決定為宇宙的和平貢獻一份力量的話，他是不是也會選擇加入幽靈旅團呢？

這個念頭剛在腦中閃過，星皇的目光就朝他看了過來，精靈般美麗的男人眼中閃過一絲笑意，分明就是看透了他的想法。

葉雨宸瞪大雙眼，感覺心跳瞬間加速。慘了慘了，他怎麼可以在全宇宙最厲害的讀心術能力者面前想這些亂七八糟的！

他不能偏離立場，就算幽靈旅團再讓人嚮往，他們犯下的累累罪行也不能被忽略。更重要的是，如果被蘇迪知道他此刻的想法，絕對絕對會揍飛他！

想到這裡，他忍不住縮了縮脖子，現在他終於能體會為什麼蘇迪說偷窺人心是很變態的行為了。

見蘇迪陷入沉默，一邊的洛華忍不住接過話題：「事實上，我們在發現能量核無法被安全取出後曾經把真相告訴過一位宇宙警部，希望他轉告你們的最高指揮官。但從事情的後續發展來看，那個人並沒有轉達我們的警告，團長事後分析，認為他很可能是死亡軍團打入官方的間諜。」

看來，雖然星皇完全不在乎蘇迪的想法，但作為葉雨宸曾經好友的洛華，還是希望能緩解幽靈旅團和官方之間的緊張關係。

蘇迪聞言皺緊了眉。「那個人是誰？」

「由於當時太過倉促，我們並沒有記下對方的名字。」

「確實，指揮部當時下達引爆能量核的命令比原定計劃提前了很多……」

想起當時那道突然下達的命令，蘇迪只覺得一股寒意從後背升起。如果洛華說的都是真的，那麼那個間諜無疑已經混到軍中高官的位置，否則不可能僅憑一面之詞就讓總部提前下達引爆命令。

目光不由自主地轉向娜塔西亞，後者也正看著他。察覺到他的視線後，她搖了搖頭說：「我仔細想過那個人是誰，但始終沒有頭緒。能越過你和總部直接聯絡的人雖然不多，但並不排除聯絡人被操縱的可能性。」

蘇迪因為這句話愣了愣，隨後意識到現在的自己確實不夠冷靜，居然連操縱這個可能性都沒有想到。

既然星皇說銀河外星系的死亡軍團比喀爾薩還厲害，那麼存在操縱系能力者的可能性就更大了。

一直安靜地聽眾人交談的葉雨宸，這時皺著眉疑惑地問道：「可是，既然大家都是死亡軍團的人，那個間諜為什麼還要下令引爆能量核？這樣不是等於間接滅掉了自己人？」

從剛才他就很想問這個問題了，總覺得外星人的腦回路真的讓他無法理解。星皇他們難道不覺得這件事很奇怪嗎？喀爾薩明明是奉命奪取能量核，間諜怎麼反倒下令引爆呢？

這一次，回答問題的人是洛華：「喀爾薩是個十分狂妄自大的人，而且自認是銀河系死亡軍團的唯一頭領，這樣的人在內部樹敵是再自然不過的事情。何況，能源核爆炸還會賠上我們幽靈旅團和斯科皮斯星的宇宙警部駐軍，對他們來說絕對是利大於弊的結果。」

聽了這樣的解釋，葉雨宸表示理解地點點頭。

「你們是怎麼從大爆炸中逃出來的？還有三十年前那次。」沉默良久的蘇迪終於再度開口，十分突兀地問道。

提到這個問題，洛華的表情變得有點不自然，他看了星皇一眼，後者低垂眼眸，右耳上的菱形寶石耳墜貼著臉頰，在他臉上打出一片陰影，隱約勾勒出一絲傷感。

知道他並不想提起那些過去，洛華輕嘆一口氣，淡淡開口：「三十年前，米希娜犧牲自己救了我們。她化成一張網保護我們，並把我們送出超級磁場，還在臨死之前把能力轉移到團長身上。就是團長的新能力才讓我們在爆炸中存活下來，還救了娜塔西亞。」

洛華的話讓室內陷入沉默，葉雨宸心中唏噓，忍不住看了蘇迪一眼。

雖然幽靈旅團在外人眼中是窮凶極惡的盜賊，但他們卻能為了保護同伴犧牲自己。他們也是有血有肉的人，只不過是所追求的東西不同罷了。

這不是簡單用正義或者邪惡就能一概而論，他們只是很任性，任性到很少考慮大多數人會考慮的事罷了。

蘇迪冰冷的雙眼中似乎也有什麼在震動，就算在地球的時候他們已經猜到真相，但聽洛華親口說出來，心裡仍然受到了衝擊。如果不是為了救旅團，米希娜是可以自己逃命的。

一片沉寂中，通訊系統響起：「老大，預計還有一分鐘到達阿爾法星，幽靈號已經進入隱形模式，雷達沒有監測到陌生飛船地訊號，老大你還是快到艦橋來吧。」

星皇聞言起身，轉頭看向蘇迪和葉雨宸，紅寶石耳墜在臉頰邊輕輕晃動。

「死亡軍團打算投放VT-X8病毒到阿爾法星，怎麼樣，要不要暫時加入我們，把病毒偷過來？」

偷病毒？葉雨宸嚇了一跳，聽起來好像很厲害的樣子，他也有能力參與行動嗎？

幾乎是聽到這個提議的瞬間，某人就開始躍躍欲試，而旁邊的蘇迪則用看白痴的眼光掃了他一眼，抬步走向星皇。「VT-X8通過空氣傳播，一旦進入大氣層，會迅速傳播全球。」

「不錯，所以要在它進入大氣層之前把它偷出來。洛倫佐，就用你金牌警部的能力幫我們找出病毒位置吧。」

「這種事你也做得到。」

「確實，但如果阿爾法星被污染，頭痛的是你們官方吧？說到底，我只是順水推舟送你一個人情而已。」

說完這句話，星皇朝蘇迪勾起嘴角，那隱約帶著戲謔的笑容讓蘇迪的額頭上跳出一道十字青筋，而跟在他們身後的葉雨宸則忍不住偷笑起來。

洛華走在他身邊，壓低嗓音悄悄地說：「雨宸，這是很危險的行動，你不要以為是在玩。」

一句話讓葉雨宸冒出滿頭黑線，他很想辯解說他沒有覺得在玩，可仔細想想，自己剛才露出的表情好像很沒有說服力，於是……某人在思考幾秒後默默放棄反駁。

到了艦橋，蘇迪立刻走到探測器前，和娜塔西亞還有洛華他們一起尋找病毒的位置。葉雨宸發現那些儀器他根本看不懂，於是乖乖站在牆角，沒有去打擾他們。

星皇在最初指揮了幾句後就走到他身邊，對於這一次的接近，葉雨宸已經不再像之前那樣感到恐懼，而是能揚起笑容面對這個聞名全宇宙的盜賊頭領了。

「真的不考慮加入我們嗎？你的能力在我這裡可以發揮得更好。」星皇曲起一條腿靠在牆上，兩手插在口袋裡。那樣悠閒的姿勢，完全不像即將面對一場危險的行動。

葉雨宸盯著他完美的側臉看了片刻，又轉頭看向忙碌的蘇迪，笑了笑說：「雖然這個提議真的很吸引人，但我果然還是想繼續和洛倫佐搭檔，為宇宙的和平貢獻力量。」

「如果只是為了洛倫佐，我可以控制他讓他一起來旅團。」

星皇的語氣波瀾不驚，葉雨宸卻忍不住噴笑出來，搖著頭說：「那可不行，那就不是真正的他了。」

被拒絕的人輕輕嘆口氣，從口袋裡摸出一只精美復古的藍寶石戒指，大大方方地遞過來。

葉雨宸嚇了一跳，瞪著眼睛不敢接。星皇哭笑不得地搖搖頭，又把戒指往前遞了一公分，嘴裡說：「放心，不是要向你求婚，這是給你母親的。」

「給我老媽？怎麼會……」葉雨宸的眼睛瞪得更大了。喂喂喂，他只知道他老爸是外星人，怎麼不知道他老媽和星皇有過一段過去？不可能吧！

這個念頭一在心裡冒出來，星皇的臉色瞬間變黑，他聳了聳肩說：「這是能治癒你母親的星雲碎片，我們剛到地球的時候受到你父親很多照顧，這是給他的回報。」

「咦？真的嗎？受到我老爸的照顧？」

「嗯，他是個很有趣的人，你的性格好像完全遺傳了他。」

葉雨宸的表情變得很激動，他很想知道更多有關父親的事，可就在他想多問些什麼的時候，操作臺邊傳來蘇迪的聲音：「在星際聯盟的運輸船上，他們正要進入大氣層。」

星皇立刻開口：「我會讓防禦系統失控三分鐘，洛倫佐和萊恩去把東西帶回來。如果你們在三分鐘內無法得手，再讓葉雨宸用超聲波支援。」

葉雨宸完全沒想到自己真的派得上用場，正覺得高興，前方蘇迪滿頭黑線地回過頭，語氣堅決地說：「不要讓他使用能力！」

星皇聞言微微勾起嘴角，淡定地開口：「這就要看你能不能順利完成任務了。」

「不要廢話，開始吧。」蘇迪神色冰冷地回應，沒有朝葉雨宸看一眼，和洛華同時消失在幽靈號中。

星皇的嘴角還維持著笑容，他沒有多做解釋，而是走到艦長座椅坐下，優雅地交疊雙腿，隨後閉上眼睛。

葉雨宸能感覺到強大的星際能量從他身上散發出來，那是一種會讓人情不自禁心生嚮往並且想要追隨的力量。

「很奇妙吧？他和我們過去的想像完全不同。」不知什麼時候走到近處的娜塔西亞突然對葉雨宸說道，她的目光落在星皇身上，嘴角掛著微笑，那平靜的神情讓臉上的傷疤也變得柔和起來。

葉雨宸點點頭，他突然很希望薩魯此刻也能站在幽靈號上，這樣或許能稍稍消滅一些他心中的恨意。

「洛倫佐很為你著想，」娜塔西亞收回目光，看向葉雨宸，「如果你在幽靈號上使用能力，一定會被宇宙警部察覺到。到時候無論結果如何，你都會被追究責任，甚至可能要上軍事法庭。」

這句話無疑在葉雨宸的心湖投下了一顆巨石，他瞪大眼睛，著急地問：「那他呢？他使用能力沒問題嗎？」

「你的能力比較特殊，很容易被捕捉，而他不會。何況萊恩擁有和他相同的能力，可以掩護他。」

一聽蘇迪不會有事，葉雨宸大大鬆了口氣。天知道，剛才一瞬間他的心臟都跳到喉嚨了。

娜塔西亞看到他的反應，嘴角的弧度更上揚了一些。「洛倫佐他啊，是個正義感和使命感特別強的人，但這種性格有時候會害了他。拜託你，以後

外星警部入侵注意

在必要的時候拉著他一點。」

葉雨宸著心情漸漸平靜下來，他知道娜塔西亞為什麼要說這些話，因為他們已經選擇了不同的道路，再也無法站在同樣的戰線並肩作戰，所以她想對洛倫佐的新搭檔交代這些。

正想回應請她放心，前方駕駛座上的男人回過頭驚呼：「糟糕！宇宙警部到了，我們被包圍了！」

話音剛落，另一側駕駛座上的人也高聲喊道：「不僅宇宙警部，運輸船周圍發現星球安全局的艦船！阿爾法星防禦系統開啟，萊恩他們被困在船上了！」

「怎麼會這樣，我們的行蹤暴露了嗎！」娜塔西亞驚訝地瞪大雙眼，連忙走向操作臺，而葉雨宸的心開始怦怦亂跳，瞬間慌亂起來。

「宇宙警部領航艦發來通訊要求，是薩魯．恩格．菲切賽爾．米修！」

艦長座椅上的星皇在這時睜開雙眼，緩緩起身。他的表情看起來並不著急，淡淡地開口：「接通。」

隨著他的命令，薩魯的影像出現在幽靈號操作臺上方的大螢幕中。神色冰冷的少年直視星皇的雙眼，冷冷地開口：「幽靈旅團，你們已經無處可逃了，投降吧。」

面對這樣的威脅和明顯的困境，星皇淡淡一笑，雙手仍然插在口袋裡，看起來姿態悠閒。「是嗎？需要我提醒你，我手上還有人質嗎？」

隨著這句話，葉雨宸緩緩自角落走到艦長座椅邊，進入薩魯的視線。此刻的他，雙眼發直，表情呆滯，動作機械，和幾秒前已經判若兩人。

「星皇！你居然操縱他！你卑鄙！」薩魯的臉上明顯浮現怒意，他怒吼道。

星皇的微笑不變，看了艦橋牆上的電子鐘一眼，直接無視薩魯的憤怒，對駕駛座的男人說：「三分鐘到了，我們準備離開。」

「別妄想了！你們已經被包圍！趕快把人質交出來，我們可以考慮對你們從輕發落！」

薩魯的威脅再度響起，但這句話只換回星皇唇邊一抹高深莫測的笑容。

「交出人質？放心，我會的。」星皇輕聲說完，抬手輕撫葉雨宸的右臉頰。

就在薩魯摸不著頭腦這個曖昧舉動到底代表了什麼的時候，葉雨宸腳下的底艙突然打開一個圓形缺口，接著，他整個人就這樣毫無遮掩地掉出幽靈號！

下一秒，可怕的超聲波在阿爾法星域內炸開，包括薩魯在內的所有宇宙警部和星球安全局成員全部感受到可怕的尖銳頭痛。

防禦系統幾乎瞬間癱瘓，萊恩在零點五秒內就出現在幽靈號的艦橋上，他手裡拿著一個長約六十公分的菱形固定器，朝星皇比了個勝利的手勢。

星皇點頭，從外套口袋抽出右手，張開五指伸向前方。

在幽靈號前方，一顆巨大的彩色光璿瞬間打開，早就做好出發準備的幽靈號立刻駛入，轉眼消失在星空中。

葉雨宸覺得他的思緒有一瞬間的停滯，就在聽到他們說宇宙警部那邊要求通訊後，他的腦子就突然一片空白了。這樣的空白並沒有持續太久，但意識清醒後的可怕失重感卻讓他忍不住驚叫起來。

由於耳麥式增幅器也被星皇打開了，他並沒有意識到自己發出了怎樣可怕的超聲波。他只知道幽靈號正離他遠去，而他整個人就像一顆隕石，筆直掉向不遠處的阿爾法星大氣層！

身體彷彿在燃燒，灼燒般的痛感在神經末端飛速傳遞，已經依稀可以看到霧濛濛的氣體出現在身側，他忍不住開始思考自己的血肉之軀只需要多久就會燒成灰燼。

就在他徹底絕望的時候，有人突然出現在身側，一把托住他的腰，同時，耳畔響起無奈的嘆息：「拜託，不要叫得好像有人要非禮你好不好。」

熟悉的嗓音瞬間止住了不斷外放的超聲波，葉雨宸抬起朦朧的淚眼，用力抱緊對方的脖子，嗚咽地大喊起來：「救我，蘇迪，我還不想死……」

這句話還沒喊完，大氣層和星空已經消失在眼前，甚至就連腳下都踩到了實地。葉雨宸愣愣閉上嘴，茫然地眨了眨眼睛，接著就看到薩魯氣急敗壞的臉。

「雨宸哥！你知不知道你幹了什麼！你放跑了幽靈旅團！該死，你知不知道我費了多大的力氣才定位到你們，你就不能控制一下超聲波的釋放時機嗎！」

衝過來的少年就像一頭失控的獅子，氣得頭髮都根根豎起，就跟別說臉色有多麼難看了。

葉雨宸想到他對星皇和幽靈旅團的憎恨，心頭閃過陣陣心虛，雖然很想為他們說些什麼，但在滿艙宇宙警部的注視下，他還是選擇了乖乖閉嘴。

蘇迪似乎知道他在想什麼，拍拍他的肩膀，轉頭對薩魯說：「他嚇壞了，做出這種反應很正常。」

葉雨宸一聽這話，立刻裝出泫然欲泣的臉，打蛇隨棍上地說：「就是啊，我在幽靈號上就不停受驚嚇，還被丟到太空裡去，膽子都快嚇破了薩魯你還凶我！嗚嗚嗚，還有沒有同事愛了。」

事實證明，實力派偶像的演技真不是蓋的，駕駛艙內的眾人頓時露出憐惜的表情，紛紛勸薩魯說算了，畢竟葉少尉第一次離開地球，還是被綁架，受到不小驚嚇，應該先予以安慰。

最後，薩魯只能憤憤地咬牙離開，但在轉身之前，還是寬宏大量地表示讓葉雨宸先去太空艙休息，臨時報告讓蘇迪一個人去就可以了。

坐在太空艙裡，葉雨宸盯著舷窗外漂亮的宇宙景色看了很久，最後輕輕嘆了口氣。他從口袋裡摸出星皇留給他的戒指，拿起來對著光看了又看，表情依稀有些不捨。

太空艙門輕輕向一側滑開，聽到動靜的他立刻把戒指放進口袋裡，轉頭看向走進來的人。

蘇迪筆直走到他面前，在他對面坐下，摸了摸他的額頭，確定溫度正常後才問：「你感覺怎麼樣？沒有受過訓練直接暴露在大氣層可能會對你的身體造成損傷，回去讓安卡仔細幫你檢查一下。」

葉雨宸點點頭，回以微笑，接著又轉頭看向窗外漂亮的星雲，喃喃地問：「他把我丟出去，是為了逃走嗎？」

「你的能力還不穩定，危機情況下會自動觸發，這些他都很清楚。以他的能力，在被抓住前打開蟲洞跑掉也是輕而易舉，但他這麼做，我們都不會受到牽連，只會是被綁架的人質而已。」

葉雨宸緩緩點頭，其實他已經猜到星皇的用意，但親耳聽蘇迪說出來，這種感覺更好。

那個人，沒有因為他拒絕加入旅團而生氣，反而還護著他，是因為欠了他父親人情嗎？還是說，他確實一點都不冷酷，也不殘忍呢？

「這麼說起來，你怎麼會沒有受到超聲波的影響？是空間轉移這種能力在頭痛的情況下也可以使用嗎？」

「都和你說過我戴了隔離耳機。」

「什麼？你真的戴了？不是那時候唬我的嗎？」

「你該慶幸我真的戴了，不然你現在已經燒成灰了。」

「那星皇他們呢？他們怎麼也不受影響的樣子？」

「以他狡猾的性格，在來找你之前應該就已經想好怎麼應對你突然爆發的超聲波了吧。」

蘇迪的語氣很肯定，葉雨宸頓時覺得哭笑不得。搞了半天，還是薩魯他們太沒有先見之明了嗎？看看人家星皇多機智啊，還知道未雨綢繆呢！

這樣看來，其實從一開始，星皇就知道招攬他們加入旅團這件事不會成功吧？他特地冒險回地球，真的只是為了讓娜塔西亞見蘇迪一面吧？

「地球快到了。」

沉思間，蘇迪的聲音喚回葉雨宸神游的思緒，他睜大眼睛，看著遠處那顆如同玻璃珠般的海藍星球漸漸接近，嘴角漸漸揚起。

地球啊，真的是顆很漂亮的藍色星球呢，能回來真的是太好了。

——《外星警部入侵注意03》完

高寶書版集團
gobooks.com.tw

輕世代 FW298

外星警部入侵注意03

作　　者　冰島小狐仙
繪　　者　高橋麵包
編　　輯　林雨欣
校　　對　林雨欣
美術編輯　林鈞儀
排　　版　彭立瑋
企　　劃　方慧娟

發 行 人　朱凱蕾
出　　版　英屬維京群島商高寶國際有限公司臺灣分公司
　　　　　Global Group Holdings, Ltd.
地　　址　臺北市內湖區洲子街88號3樓
網　　址　www.gobooks.com.tw
電　　話　(02) 27992788
電　　郵　readers@gobooks.com.tw（讀者服務部）
　　　　　pr@gobooks.com.tw（公關諮詢部）
傳　　真　出版部　(02) 27990909　行銷部 (02) 27993088
郵政劃撥　50404557
戶　　名　三日月書版股份有限公司
發　　行　三日月書版股份有限公司/Printed in Taiwan
初版日期　2018年12月

國家圖書館出版品預行編目(CIP)資料

外星警部入侵注意 / 冰島小狐仙著.-- 初版. --
臺北市：高寶國際, 2018.12-
　冊；　公分. --

ISBN 978-986-361-617-7(第3冊：平裝)

857.7　　107006614

三日月書版

三日月書版

GOBOOKS
& SITAK
GROUP©

GOBOOKS
& SITAK
GROUP©